JN114752

「ボクはこの地を治めている
ピオーネ侯爵だ」
ピオーネ
経験値貯蓄でのんびり傷心旅行 3
～勇者と恋人に追放された戦士の無自覚ざまぁ～
Lemon Tokugawa
徳川レモン
illust. riritto

リサ
「よく来たなトール、ここがお前の墓場だ」
セイン
決戦の時

カエデ
フラウ
トール

サウナにて

経験値貯蓄で
のんびり
傷心旅行
～勇者と恋人に追放された戦士の無自覚ざまぁ～
3
Lemon Tokugawa
徳川レモン
illust. riritto

Chilling sentimental journey with Experience point saving

Characters

Contents

Chilling sentimental journey with Experience point saving

プロローグ
Prologue

どんっ、背中を強く押され、俺は川の中へ派手に落ちた。

水の中から顔を出せば、ネイとソアラがけらけら笑い、橋の上からはセインとリサが覗(のぞ)く。

かっこ悪い所を見られた恥ずかしさにかあぁと顔が熱くなった。

「なにすんだよネイ！」

「決まってるじゃん。ぼけーっとリサを見てたから頭を冷やしてあげたのさ」

「ですが、このままでは風邪を引いてしまいますね。どうぞ、タオルです」

優しく微笑(ほほえ)むソアラからタオルを受け取り頭を拭く。

最近のネイはちょっと当たりが強い気がする。十五歳になった女の子ってみんなこんな感じなのだろうか。でも、ソアラは変わらないよな。

「今日の冒険は森にするのはどうかな」

ぱたん、と本を閉じたセインが全員に提案する。

垢抜(あかぬ)けた顔立ちに落ち着いた口調。最近村に引っ越してきた彼は、すぐにこのグループのリーダーとなった。

それまでは俺がリーダーだったのだが、元々まとめ役なんて似合わないと思っていた。だから彼が来てくれたのは幸運だったと言うか、ちょうど良かったと言うか、彼のリーダー就任は俺が一番喜んでいた。

「オーケー、皆はどうする？」

「もち行く！」

「誰かが怪我をした際には、聖職者が必要でしょうから」

「賛成よ。じゃあ配置はいつも通りね」

人形を抱えるリサは無表情で話を進める。

配置ってのは、俺達が冒険をする際に決めた役割だ。俺とネイは前衛、セインは状況を見ながら前衛にもなるし後衛の守りも行う、回復役のソアラはセインとリサの間に、魔法使いのリサは後衛としてサポートする。

全員レベルは15前後、年齢の割によく鍛えてる方だ。

「今日の目標は、あの一本杉までだ」

セインの指さした方角には、一際大きい木があった。

◇

俺とセインにはちょっとした目標がある。

いつかこの村を出て冒険者になり、超一流と呼ばれるSランクになって見せること。

有名になれば父さんや母さんに美味いものを腹一杯食わせてやれる。もしかしたら王都に家を持つことだってできるかもしれない。でも、この故郷の村も好きだから最終的にはこっちに戻ってくるかもだけど。

「セインはいつもその本を持ってるよな」

「それ、アタシも気になってた。そんなに大事なものなの？」

俺達は散歩をする様に森の中を進む。もちろん警戒はしているが、幼い頃から近くにあり、共に育ったと言っても過言ではないこの森は最も得意とするフィールドだ。迷うなんてあり得ないし、生息する魔物だって熟知している。

本を取り出したセインは苦笑いする。

「これは父さんに買ってもらった本なんだ。各地に伝わる勇者の伝説をまとめたものでさ、言うなればこれは僕のバイブルなんだよ」

「ばいぶるって何？　分かるかトール？」

「知るか、俺に聞くな」

「ふふ、バイブルとはですね」

「「もういいや」」

ソアラが反応した時点で宗教絡みの言葉だと理解する。

彼女は普段は温厚で柔らかいが、こと神の教えに関しては恐ろしいほど多弁となる。長い付き合いの俺とネイはそんな話をうんざりするほど聞いてきたので、本能的に危険を察知できる様になっていた。

くすくすとセインが笑う。

「君達は本当に面白いね。僕はね、勇者に憧れてるんだ。できればいつかそうなりたいと思ってる」

「でも、勇者はレアジョブだったわよね」

リサが無表情で大きな目を彼に向ける。

「うん。そうなんだけど、なんとなく手に入れられそうな気はしてる。とある偉い人が言ってたんだけど、ジョブとはその者が最も望み欲した力だそうだ。つまりずっと願ってる僕はいつかきっと手に入れられる」

セインの現在のジョブは騎士だ。

それだけでも驚くべきことなのだが、彼はさらに上を目指していた。戦士でいいや、なんて納得してる俺とは根本が違う。だからなのか彼は眩しくて憧れだった。

「いいよなぁ男共は。アタシらは親が口うるさいから、簡単には村を出られないしさ。冒険者になるのにも説得しないと」

「ネイはご両親から大切にされてますからね」

「唯一の娘だからさ。親父はもう男はいらんって言ってるのに、生まれてくるのはみんな男兄弟。アタシが大雑把でがさつなのは、全部弟達のせいだ」

「そうか？　ネイはすげぇ繊細で女っぽいと思うけど？」

「――っつ!?」

ネイの顔がみるみる赤くなる。

もじもじし始めて消えそうな声で呟(つぶや)いた。

「アタシは、あんたと似てるって言われたいのもあって……」

「は？　なんだよ聞こえないぞ？」

「この鈍感！」

突然ネイに顔を殴られる。

なんで？　なんで殴られた??

なんもしてないよな？


一本杉のある草原へ到着。

ここに来るまでに数匹の魔物を倒し、経験値も素材も肉も手に入れ上出来な結果だ。

母さんと父さんもきっと喜ぶ。

「トール、早く！」

はしゃぐネイが杉の足下で手を振る。

あいつ、ずっと元気だな。そういやソアラは。

セインとリサは先を歩いている。振り返ってみるとソアラが屈(かが)んで何かを拾い上げていた。彼女は俺に気が付き、慌てて袋のような物を後ろに隠す。

「どうしましたか、トール」

「ソアラこそ」

「あのですね、これは、そう、薬草を摘んでいました」

ちらりと見える茶色い袋はもぞもぞと動いていた。

「動いて……」

「気のせいですよ」

彼女は動く袋をさっと隠す。

だよな、ソアラは虫も殺せないほど優しいんだ。生き物を捕まえるなんてできるわけない。

「この薬草は神に捧げる供物です。気にしないでください」

「そっか、聖職者だもんな。その信仰の深さにはいつも尊敬の念を覚えるよ」

「トールにもきっと神のお導きがありますよ」

セインとリサに合流した俺は、天を衝くような杉の木を見上げる。

いつか冒険者になって、またみんなでこの木を見上げるのだろうか。そんなおぼろげな未来を想像して俺は、隣にリサがいればいいなと口元を緩める。

「もしさ、もし、僕が君を裏切ったらどう思う」

「なんだよ、藪から棒に」

お前が俺を裏切るはずなんてないだろ。

「聞かせてよ」

「そうだな、とりあえず殴るかな。それからちゃんとしろって怒る。それが絶対に許されないことなら裁きを受けさせ、罪を償わせる」

「トールはまじめだね。だから羨ましいのかな」

俺を？　お前が？

思いもよらぬ言葉に少し驚く。セインはそつなく何でもできて不器用な俺の憧れだ。そんな奴かやつ
ら、羨ましいなんてちょっと信じられない。

「冗談さ」

「は？」

「さっきの質問は冗談だよ。僕が君を裏切るわけないだろ」

彼は爽やかな眩しい笑顔を浮かべる。

全くおかしな質問をするから変に勘ぐってしまっただろ。

「二人は本当に仲がいいわね」

近くでじっと話を聞いていたリサが笑みを浮かべる。それだけで俺の顔は熱くなって彼女の顔を
見られなくなった。

そこへネイとソアラが割って入る。

「おい、トール！　どうしてこっちに来ないんだよ！　アタシは一緒に杉のてっぺんまで登ろうと
思ってたのにさ！」

「トール、今の内に休んでおかないと。膝枕をしてあげますからこちらへ」

「ちょ、ソアラ!?　ずるい！」

「ずるいなんて、私は彼の体を心配しただけなのですが。あ、もしかしてネイが膝枕をしたかったのでしょうか。では、どうぞどうぞ。ネイの純粋に仲間を労る気持ちは、神も見てくださっています。きっと邪な心など一片たりともないのでしょうね。素晴らしいです」

「うぅ～」

ネイは顔を真っ赤にして沈黙した。

第一章 ⋁⋁⋁ 戦士とお姫様と狂戦士の谷

グレイフィールド国王より案内人を紹介された翌日。

俺はカフェでコーヒーの香りを楽しむ。

案内役としてつけられたのは第一王女のルーナ。長い髪をサイドテールにした美しい少女である。

シーフのジョブを有しているのか、それっぽい身軽な格好をしていた。

「ちゃんと聞いてる？　トール君？」

「ああ、うん、聞いてるよ」

ずいっと顔を寄せるルーナ。鼻腔（びこう）をくすぐる香水の匂い。

同時に薄い艶のあるピンクの唇も寄ってきて、思わず生唾を飲み込んでしまう。

「ごしゅじんさま～」

「何も見てない」

隣にいるカエデがうるうるした目で俺を見てくる。

分かった、分かったから落ち着いてくれ。頼むから泣きそうな顔にならないでくれ。

気を取り直して会話を再開。

「トール君、マリアンヌのことを助けてくれたでしょ。だからずっと会いたい会いたいって思ってたの。実は今回の案内役、無理言ってお父様にお願いしたんだー」

「マリアンヌって、アイナークのマリアンヌか」

「そだよー、文通相手でお友達」

意外な繫がりに驚く。世間は思うより狭いものだな。まさかこんな所でマリアンヌの友人に会うとは。

「でさ、トール君達はどこ行きたい？　観光名所？　グルメ巡り？　それとも遺跡探索？」

「君付けは止めてくれないか」

「いいじゃん。その方が可愛いしー」

君をつけるだけで可愛いのか。よく分からんな。

「できれば先に神殿へ行きたいな」

「じゃあそうしよっかー」

返事が軽い。本当にお姫様なのかつい疑ってしまう。コーヒーを一口含み、程よい苦みを楽しんでからカップをテーブルに戻した。

「ところでフラウちゃんとパン太君はどこ？」

「ここだ」

椅子に置いていたリュックを開く。

「ぐぅう、ぐぅう」

「きゅうぅう」

パン太にしがみついて眠るフラウがいた。

フラウもパン太も朝に弱いので、頻繁にリュックの中で眠っている。ちなみにこれは昼寝的なものではなく、二度寝である。

「やっぱり可愛い。トール君いいなぁ、こんな可愛い子達と一緒にいられて」

「……えへ」

こいつ、実は起きてるだろ。

カフェの店員にクッキーを注文すると、フラウは飛び起きた。

グレイフィールドの聖武具の神殿は、首都から半日の場所にある。

ここは双子の神殿と呼ばれており、二つの神殿が一つの建物の中に収まっていることで有名だ。

話には聞いていたが、やはり二つの扉が並ぶ光景は新鮮だった。

「ご主人様の様に聖武具を得られるでしょうか」

「自信を持て。カエデなら手に入れられる」

「くくく、史上初の聖武具を持ったフェアリーになってやるわよ」

「フラウも自信――どころか、どす黒い欲望が出てるな」

最初にフラウが挑戦する。

扉に手を当てるとゆっくりとひとりでに開いた。

「やたー！　開いた！」

「あとは台座から抜けるかどうかだな」

通路に明かりが灯り、奥へと俺達を誘う。最奥には台座に刺さった聖剣があった。

「抜くわよ。絶対に抜いて見せる」

「ちゃんとイメージしろよ」

「任せて主様。フラウが絶対に必要な奴隷だってこと証明してあげるから」

フラウが勢いよく剣を抜いた。

剣は光に包まれ、フラウサイズのハンマーへと変化を遂げる。

「革命的瞬間だよ！　フェアリーが聖剣を抜いちゃった！」

「ふふん、フラウにかかれば抜きまくりよ」

「おめでとう！　やっぱりフラウちゃんは格好良くて可愛い！」

「えへへ」

褒められて嬉しいのか、フラウはだらしない顔だ。

様子を見ているパン太が少し不機嫌になる。大して変わらないサイズのフラウが、聖剣を抜いたことに嫉妬しているのかもしれない。

「貴方には貴方にしかできないことがあります」

「きゅぅう！」

カエデに抱きしめられて、パン太はぽろりと涙をこぼす。

眷獣と言えど、パーティーの一員としての誇りがあるのだろう。パン太にも戦える力があればよかったのだが。

俺達は一つ目の神殿を出て二つ目の神殿へと向かう。

カエデが扉に手を添えるだけで当然の様にひとりでに開いた。

「ご主人様、見ていてください」

彼女は最奥の聖剣の前に立ち柄を強く握りしめた。

引き抜いた瞬間、片手剣は光に包まれ二つに分かれる。

「これが……私の聖武具」

カエデの両手に握られていたのは、折りたたまれた鉄扇だった。

広げて見せれば美しい扇から柔らかい風が起こる。カエデは俺に見せる様にその場で舞い踊り、白く艶やかな髪はさらりと流れた。

舞が終わると俺達は思わず拍手する。時間を忘れて見入ってしまった。

「申し訳ありません！　新しい扇につい浮かれてしまいました！　その、ご主人様を想って舞ったのですが……いかがでしたか？」

「すごく感動したよ。見ているだけで胸が熱くなってさ、もっとこう上手く感想を言えればいいんだが」

カエデの顔がぱぁぁとほころび、尻尾がぱたぱた振られる。

ちゃんと褒めることができたようで俺も一安心。

「二人とも聖武具ゲットだねー。次はどこへ行く？　ダンジョン？　遺跡？」

「今日はもう遅いし街に戻るつもりだ」

「え～、せっかく装備調えてきたのに！」

ルーナは途端に不機嫌になる。

そんなにも冒険を楽しみにしていたのか。少し悪いことをしたな。だが、姫君を野営させるわけにもいかない。今日の所は大人しく帰ってもらうとしよう。

「じゃあみんなでお風呂行こっかー」

「それはいいですね」

「三人で背中を洗うってのもいいわよね」

と言うわけで今日は切り上げて街の大衆浴場へと向かう。

◇

浴槽の縁に背を預けると、タオルを頭に乗せて脱力する。

贅沢なまでに満ちた湯で心身共にリフレッシュ。

こうして毎日風呂に入っていると嫌でも良さが分かってくる。今の俺はかつてないほど清潔だ。

そして、かつてないほど体の調子がいい。

「聖武具を二つも手に入れたそうだな」

「うぉ!?　びっくりした！」

いつの間にか横に国王がいた。俺と同じようにタオルを頭に乗せて。

頼むからいきなり話しかけないでくれ。つーか、あんた絶対にアサシンかシーフのジョブを持ってるだろ。気配がなさ過ぎだ。

「カエデちゃん、大きいー」

「やめてください。揉まないで」

「やわらかーい！　なにこれ！」

「ルーナもいいもの持ってるじゃない」

「そう？　でも、あんまり自信はないかなー」

「あんっ、こりこりしないで」

男共がぴたりと動きを止める。壁越しに聞こえてくる女湯からの声に誰もが聞き耳を立てていた。

俺と国王も会話を中断する。

数分後、男湯は再び時が動き出した。

「さすが漫遊旅団か」

「どうも」

「これで幾分かは戦力アップもできただろう」

「それでも魔王の足下にも及ばないがな」

国王は「今代の魔王は規格外の化け物だな」とぼやく。

ここ五百年の勇者は全員がレベル２００前後。それで魔王を倒すことができたのだから、歴代魔王のレベルもそこまで高くはなかったはずだ。８００と言う数字がどれほど馬鹿げているのかよく分かるのではないだろうか。

「なぁ、この辺りでレベルアップに最適な場所はないか」

「だったら狂戦士の谷へ行くといい。あそこはアンデッドの巣窟だが、その分レベルの上がりは早い」

狂戦士の谷……聞いたことがあるな。未だ全容が分かっていない危険な場所と記憶している。そこなら効率よくレベルアップができるかもしれない。運が良ければレアなアイテムも手に入るかもな。

「姫さんは置いていった方が良さそうだな」

「うむ、それなりに戦える様には鍛えているが、もしものこともある。ルーナではなく別の者を案内に行かせよう」

だよな。お姫様にもしものことがあれば大変だもんな。それを聞いて俺もほっとしたよ。

ふと、壁の前に集まる男共に目が行く。そいつらは興奮した様に壁に顔をべったりくっつけていた。気になって浴槽から出ると、男達は何故か青ざめた顔で足早に散って行く。

なんなんだ？　ん、穴？

よく見れば、壁に小さな穴が空いている。薄々向こうに何が見えるのか察しつつ、興奮しながら穴をのぞき込んだ。

なんだ暗いな、ぜんぜん見えないぞ。

うん？　あれは……顔？

穴の向こうに顔らしきものが見える。しかもそれに見覚えがあった。

「主様、何してるの」

「フラウ!?」

穴にすっぽりフラウの顔がはまっていた。俺の眼球が緊張で乾く。

罠だった。楽園を覗くつもりが地獄を覗いていた。フラウはすっ、と顔を外し後ろの誰かを見上げる。

「どうしましたフラウさん」

「あのね、この穴の奥に――」

不味い。そこにカエデがいるのか。俺は慌てて浴場から逃げ出す。


外に出ると、カエデ達が待ってくれていた。

しっとりと濡れた白髪と狐耳は、普段以上に艶があり、白い首筋はピンク色に染まって色気があった。彼女はすっと左腕に腕を絡ませ、恥ずかしそうにうつむく。

湯上がりのせいか余計に顔が赤く見えた。

「らくちんらくちん」

「きゅう」

フラウとパン太はカエデの抱える桶に入って涼んでいる。夕暮れの通りは人が多く、いくつものランプが輝いていた。

空いていた右腕に誰かが腕を絡ませる。

「両手に花だねー」

「お、おお……」

腕に、当たってる。柔らかさにドキドキしてしまう。

「わ、わたしだって！」

風呂上がりの敏感な肌に柔らかい弾力が当てられる。カエデはみるみる顔を赤くし目をぐるぐるさせた。

「はきゅ～」

「カエデ!?」

ばたん、カエデが倒れる。

「ぬわぁぁぁあ!?」

「きゅぅう!?」

フラウとパン太の入った桶が、通りをゴロゴロ転がる。

そのまま桶は、角を曲がって姿を消した。

◇

宿の入り口で新しい案内人を待つ。

国王の話ではそろそろ来るはずなのだが。

「おーい！」

我が目を疑った。何故かルーナが手を振ってこちらへ走ってきているのだ。

おかしい、話が違うじゃないか。昨日は別の者を寄越すと言っていただろ。それともあれか、交代の話がルーナに伝わらず来てしまったと？

「おまたせー。さ、狂戦士の谷へいこっか！」

「国王から交代の話をされなかったか？」

「聞いたよー。でも大丈夫、お父様を説得して元通り案内役はルーナになったから」

「本当なのか？」

「ウン、ホントウダヨー」

目が泳いでいる気がするが……王女が嘘をつくとも思えないし。国王はルーナをそれなりに戦えると評価していた。

いや、万が一と言うこともある、直接確認に行くべきだな。

「国王に会いに行く」

「うわぁ！　待って待って！　大丈夫だから、本当に説得したから！」

「信じていいんだな？」

「もちろんだよー」

そこまで言うなら信用するが。少し不安だな。

「あ、そうだこれ！」

ルーナが手紙を差し出す。受け取って中を見ると、国王直筆による『娘をよろしく頼む』との旨が書かれていた。

「先にこっちを出せ。変に疑っただろう」

「あはは、こっちも色々あるんだよぉ」

なんだ色々って。隠されると気になるじゃないか。しかし、きちんと許可が出ているのなら、ひとまず良しとする。

「それとさ、ルーナ漫遊旅団の一員になったから」

「はぁ!?」

「いやだなぁ、仮だよ。仮メンバー。でも、トール君が望むなら正式メンバーでもいいよー。そっちの方が都合が良いからねー」

なんなんだこのお姫様。ノリで生きてる感じだな。

さすがにお姫様を暗黒領域には連れて行けないので、後でやんわりとお断りしておこう。

◇

そこは広大な草原に突如として現れる、深く大きな大地の裂け目。

古戦場の多いこの国では、古き時代より死体を谷に捨てていたそうだ。そのせいで谷の底はアンデッドの巣窟と化し、いつしか人々は恐れを込めて狂戦士の谷と呼ぶ様になった。

「暗くて見えませんね」

「ヤバそうな雰囲気をびんびん感じるわ」

「きゅう」

谷をのぞき込むと、暗くて底は見えない。

おおおおおっ、と風が吹き抜ける音なのか、はたまたゴーストの鳴き声なのか分からない音が響く。

「どうやって下りるんだ？」

「あそこに階段があるでしょ？　あれで半分まで下りて、そこから先は鎖を使って底まで行くみたい」

「一度下りると簡単には逃げられないってことか」

俺が一番先に下りるべきだな。

ある程度片付けて仲間の到着を待つ方が確実だろう。

「俺が先行する。フラウ、ルーナ、カエデの順に付いてきてくれ」

「きゅう」

「お前はしばらくお休みだ」

パン太を刻印に戻し、ロー助を出す。

ロー助はルーナの護衛役だ。国王がどうしてルーナを同行させようとするのかは判然としない。

ただ、監視役としてなのはなんとなく察することができる。もしかすると信用をアピールしているなんてのもあるかもしれない。

俺は馬鹿なので細かいことは分からない。

付いてくると言うのなら守ってやる、それだけだ。

「狭いな……」

岩肌に作られた幅の狭い階段。大人一人下りるのでやっとだ。下を覗けばぱらぱら、小石が暗闇に落ちて行く。

うーん、普通に怖いな。さすがにレベル300台でも死ぬかもしれない。

「こんな所通らなくても、フラウの粉で飛べばいいんじゃない」

「それは止めておいた方がいい。お前はともかく俺達は空中戦に慣れていないんだ。もし、攻撃されたら防ぐのは難しい」

「あ、そっか、まだ飛行できる魔物がいないとは決まってないものね」

それもあるが、俺が警戒しているのは魔法を使う魔物だ。

アンデッドには魔法を使う奴(やつ)らが多い。ゴースト系なんかは主な攻撃手段が魔法だ。そんな奴らの真上を飛べば、狙い撃ちしてくれと言っているようなものだ。

「ぎゃあぎゃあ」

岩壁をデビルクロウが飛び交う。

奴らは突き出した枯れ枝に留まり、こちらをじっと見ていた。新しい餌が来たとでも思っているのだろうか。遠巻きに観察されるのは嫌な感じだ。

《報告：ジョブ貯蓄が修復完了しました》

お、ようやくか。残るはスキル貯蓄だけだな。

階段が唐突に途切れる。その先には金属の鎖が垂れ下がり風で揺れていた。

「じゃあ先に行くからな。ゆっくり下りてこい」

「お気を付けて、ご主人様」

軽く返事をして、じゃらららと鎖を滑る様に下りる。次第に周囲の暗さが増し、陰鬱とした空気を感じ始めた。

よっ、と。地面に足を着け、素早く背中から剣を抜き視線を巡らせた。

「おおぉおおおお」

「ああああぁぁあああぁ」

ぞろぞろスケルトンやゾンビが現れて歓迎してくれる。

ざっと見て百。雑魚とは言え初っ端でこれだけの数が出てくるのは、かなりヤバい。確かにまともな調査なんてできないだろうな。

「ふっ！」

一振りでアンデッド共をまとめて両断。十秒もかからずアンデッドの死体の山ができた。

「うわっ、どんだけいるのよここ！」

「トール君すごい。これ、みんな倒したの？」

遅れてフラウとルーナが到着。すぐにスケルトンとゾンビのおかわりがやってくる。先ほどとは比にならない数。数百ものアンデッドがどっと押し寄せていた。

「エアリアルバースト！」

カエデが着地と同時に魔法を放つ。

すさまじい風が発生し、アンデッドを飲み込んで砕く。

「ブレイクゥウウハンマァアア！」

どんっ、フラウが振り下ろしたハンマーから衝撃波が発生。地面が丸く陥没し敵はまとめて粉々となる。あれだけいた敵が、綺麗さっぱり消え失せた。

「これが漫遊旅団……想像以上だよ。お父様に『できるなら色仕掛けで落としてこい』なんて言われるのも納得だねー」

「色仕掛け？」

「あ」

そうか、そういうことか。妙に距離が近いと思っていたんだよ。

全くグレイフィールドの国王は油断できない。

「あはは、秘密ばらしちゃったー」

「聞かなかったことにしてやるから、あまり俺達から離れるな」

「そだねー。ここはなかったことに」

ルーナが俺に近づくと、カエデが立ち塞がる様に間に入った。

「ルーナさんは私がしっかりお守りしますから」

「ひぇ、カエデちゃん怒ってる!?」

「ぜんぜん。怒ってないですよ」

「でも目が！」

カエデはルーナの腕を摑み、ずるずる俺から引き離す。

「カエデちゃん、ごめんなさい！」

「おこってないですよー」

まぁ、カエデが傍にいるなら問題ないだろう。一応、ロー助も護衛についてるし。


「だいぶ片付きましたね」

「ああ」

築かれたアンデッドの山。総数は五千前後だろうか。途中から数えてなかったので正確な数字は不明。

「多過ぎ。もう疲れたわ」

「フラウちゃん大活躍だったね。ルーナびっくりしたよ」

「ふへ、そう？」

「うんうん、可愛いのに強いなんて無敵だねー」

「ふへへ」

褒められてだらしない顔になるフラウ。

だが、ルーナもそれなりに戦って活躍している。愛用のナイフでスケルトンとゾンビを一体一体確実に倒しているのだ。数でこそ劣るが、きちんとパーティーに貢献している。

「あれー？　レベルが見たことない数字にまで上がってる？」

ステータスを確認したルーナが首を傾げる。

「みてみてー、53だったのに172になってる」

「えーとほら、狂戦士の谷はレベルが上がりやすいって話だろ。多分それだよ」

「それでも経験値が多過ぎると思うけど、他に理由も思い当たらないしそうなのかなー？」

いまいち腑に落ちない顔をしていたが、ルーナはそれ以上理由を探ろうとはしなかった。

できればこのままうやむやにしたい。

「ご主人様」

カエデがとあるものを見つける。

壁にぽっかりと空いた四角い穴。さらに下へと続く階段があった。

「狂戦士の谷には、ダンジョンがあるって昔から噂があったんだよー。でもほら、あれだけのアンデッドでしょ。調査がなかなか進まなくて、真偽がはっきりしなかったんだー」

「ほぼ未発見のダンジョンってことか」

興味がそそられるな。さて、このダンジョンはどの程度の難易度か。できればレベルアップに適した場所であってもらいたい。なんせあれだけ倒しても俺のレベルは303になった程度なのだ。

さすがは貯蓄系スキル、しっかり俺を苦しめてくれる。

俺が先行して階段を下りる。

「おおおおおおっ！」

階段を下った先にいたのは一匹のゴーストだった。辛うじて肉眼でも確認できる。

瞬時に竜眼を発動。ゴーストは取り憑こうと俺に寄ってきた。

がしっ。ゴーストを掴む。

「おおおっ？」

大きく振りかぶり、床に叩きつけた。

ゴーストは想像もしていなかった恐怖に悲鳴をあげ霧散する。

「カエデちゃん!?　トール君、ゴーストを素手で倒したんだけど!?」

「ご主人様ですから」

「説明になってないよ!?」

「カエデは主様を全肯定してるから聞くだけ無駄よ。と言うかフラウも詳しいこと知らないから説明できないし」

「フラウちゃんまで!?」

あわあわするルーナが可哀想なので、竜眼の説明をしてやった。

「要するに竜眼を使えば、精霊やゴーストをぶん殴れる」

「トール君の説明ってとんでもなく雑だねー」

ルーナが呆れてジト目で俺を見る。

だが、納得はしてくれたようで、それ以上聞くことはなかった。俺も竜眼を使いこなしているわけではない。聞かれてもそうとしか言い様がないのだ。

「どうやらここはゴーストの巣窟らしいな」

「私が片付けます」

通路の奥からわんさかとゴーストが押し寄せてくる。カエデが放った風の刃で、それらは霧のごとく消え失せた。一階層でこれだ。下に行けば何が出てくるのやら。噂でしか聞かないアンデッドも出てくるかもしれないな。

いくら俺達でも手こずるかもしれない。


「フラワーブリザード」

「ブレイクゥウウ、ハンマー！」

「トライスラッシュ！」

凍り付いたゴーストの集合体を、フラウとルーナがバラバラにする。

うん、無用な心配だったな。ウチのメンバーには。
通路に散乱したゴーストの欠片(かけら)の山。通常、物理攻撃は全く効かないが、魔法によって凍らせることでその問題は解決していた。もしあるとすれば、思ったよりもレベルアップができていない点だろうか。
俺　３０５
カエデ　２９７
フラウ　２７３
ルーナ　２１６
レベル３００に近づくと必要な経験値が格段に上がるようだ。ルーナの上がり具合からその成長速度の違いが見て取れる。それでもカエデ達は近い内に３００を越えるだろう。
そして、俺が一番弱いメンバーとなる。
聖武具のおかげでお荷物にはならないだろうが気持ちとしては複雑だ。
また仲間に置いていかれるのかと思うと焦りが募る。
「ご主人様？」
カエデに声をかけられハッとする。
そうだよ、あの時とは何もかもが違う。俺にはレベル差を埋めるだけの力が沢山あるじゃないか。
レベルが上がらないなら工夫すればいい。やれることはまだまだある。

◇

十階層に到達。ゴースト系だけでなくスケルトン系も出現し始める。
複数の目を有する球体——アイズボール
身の丈三メートルものスケルトン——ブルージャイアント
黒いローブを纏ったスケルトン——リッチー
いずれも強力な魔物だ。
俺は今まで手に入れた力を何度も何度も確認しながら、組み合わせ、試行錯誤を繰り返し続ける。
「うぉおおおおおおっ！」
ブルージャイアントがさび付いた大剣を振り下ろす。それを俺は大剣で受け流し、一瞬でブルージャイアントを真っ二つにする。
竜騎士とグランドシーフを同時発動。
さらにテイムマスターを発動。
テイムマスター——魔物との戦闘時のみ、全ての能力が一時的に向上するジョブだ。だが実は、もう一つ特性がある。それは己自身もジョブ発動中、テイムすることができる点だ。
使役メガブースト発動、一時的にレベルが二倍となる。
レベル305→610
聖武具の使用効果——一時的にだが持ち主のレベルを四割引き上げることができる。俺の場合二つの聖武具を有しているのでその上昇は八割。

使役メガブーストで上昇したレベルに、聖武具の効果をさらに乗せる。

レベル６１０→８５４
爆発的な加速で無数の敵を切り刻む。

「……ふぅ」

剣を鞘に収める。俺の進んだ後には魔物の死体だけが残っていた。

「ごしゅじんさま～」

「速すぎて追いつけないじゃない！」

「二人共待って、うひゃ!?　まってー！」

カエデとフラウが追いかけてくる。ルーナも追いかけてきたが、魔物の死体につまずき転んだ。

少し夢中になり過ぎていたようだ。

だが、おかげでリサ達に対抗する手段は得た。

「どうですかご主人様」

「悪くない。少なくともリサの基本レベルには届いた」

対リサ戦の切り札。まだ改良の余地はあるが、対等に戦うくらいならできるはず。まぁ、向こうが油断してくれればの話だが。

不意に足から力が抜ける。

カエデが素早く腰に手を回し抱き留めてくれた。

「反動はあるみたいだな」

「急激な負荷をかけますからね。すぐに癒やしますね」

「すまない」

床に横になってカエデに膝枕される。癒やしの波動は心も体も優しく包み込んでくれた。

様子を見ていたフラウが「むきー！」と何故か騒ぎ始める。

「フラウも主様を膝枕したい！　なんでこのサイズなの！　フェアリーじゃなくてヒューマンかビーストかエルフに生まれたかった！」

「そう言うなよ。俺は小さくてもフラウが好きだぞ？」

「乙女として納得できないの！　でっかくなってカエデみたいにしたい！」

突然フラウの不満が爆発した。

俺としては小さい方が色々好都合だと思うのだが。

たとえば食事はヒューマンサイズで腹一杯食べられるし、どこでだって昼寝できるし、フェアリーだから自由に飛び回れるし、得なことは結構ある。

しかし、人は無い物ねだりをするものだ。

フラウもすぐにフェアリーの方が良いと気が付くだろう。

「疲れたー。さすがにそろそろ帰りたいかなー」

ルーナがごろんと床に大の字になる。ここから見ると胸の谷間が丸見えだった。

お姫さん、はしたないからそういうのはやめなさい。

一分だけ猶予を与えるから起きるんだ。いや、十五分にしておくか。

「ごしゅ――」

「何も見てないからな」

ころんとカエデのお腹の方へと顔を向ける。

カエデは黙って俺の頭を撫でた。

おお、たまには撫でられるのもいいな。なんだか死んだ母さんを思い出すよ。

なでなで。あれ、なんだか手が増えてないか？

「フラウだって撫でられるんだから」

「トール君、可愛い～」

「お二人とも、カエデのご主人様なのですよ」

「いいじゃない。フラウの主様でもあるんだし」

「お父様もよしよしすると甘えてくるんだよねー」

「「え」」

聞いてはいけないことを聞いてしまった気がする。

まてまて、それくらいは親子のスキンシップの範囲内だろ。グレイフィールド王だって娘に甘えたい時もあるはずだ。

とにかく聞かなかったことにしよう。

「それでこれからどうしますか」

「最下層を目指しても良いが……ルーナが限界のようだから戻るか」

「そうしてくれると嬉しいかなー。もうお風呂に入りたくて体がむずむずしてるんだよねー」

「これみよがしに胸を見せないでよ！」

ぺちん、フラウがルーナの胸を叩いたようだ。

顔を背けていたので、残念ながら音しか聞こえなかった。

俺は体を起こすと帰り支度をする。

このダンジョンで集めた素材やアイテムは、すでにマジックストレージに納められている。目を見張るようなレアアイテムはなかったが、そこそこ質の高いものは手に入った。

体力中回復の指輪、魅力上昇のイヤリング、腕力上昇の腕輪などなど。

売ればそこそこの値段になるだろう。

あいにく実戦で使えるものはなかったが、そこは探索ではよくあることだ。今では少しばかりの上昇では意味を成さない。

カエデと共に歩き出した所で、フラウがいないことに気が付く。

「フラウ？」

振り返ると、彼女は進行方向とは反対の方をぼんやりと眺めていた。

どうしたんだ？　何を見ている？

「肉体の……再構築？」

フラウが呟き、彼女から激しい光が発せられる。

まさか種族の変化か!? 俺に起きたことがフラウにも!??

光が収まり、変化後のフラウがふわりと床に足を着けた。

「――なにこれ、なにが起きたのよ」

「フラウ、お前」

身長はそこまで高くないものの、どこからどう見てもヒューマンの姿をしていた。その背中にはきちんとフェアリーの証である羽がある。と言うか素っ裸なのをまずどうにかしてくれ。目のやり場に困る。

「ダメですご主人様!」

「うわっ」

だから遅いって。今頃目を隠したって。モロに見ちゃったよ。モロに。

「フラウさん、早く何か着てください!」

「そ、そそ、そうね! 服、服!」

がさごそリュックを漁る。

「これなんかいいんじゃないかなー」

「ルーナの服じゃない」

「サイズは同じだと思うけど」

「あ、ほんとだ。ちっ、胸はすかすかだわ」

衣ズレの音が聞こえてなんだか興奮する。元々フラウは美少女だったからなぁ、ヒューマンサイズになって余計にその容姿の良さが分かる様になった。

「いいわよ、主様」

女の子らしい可愛らしい格好をしていた。

しかし、なんでまた急に大きくなったのだろうか。俺と同じで肉体を維持できないとかで再構築したのだと思うが。

「今の種族は?」

「ハイフェアリーね。多分だけどレベル300に達したことが原因だと思うわ」

「カエデのレベルは?」

「315です」

ビーストと比べると、ヒューマンやフェアリーの身体能力は数段劣る。カエデに変化が起きないのは、最初から力を維持するだけの肉体を有しているからなのだろう。じゃあヒューマンはレベル300になると、漏れなく龍人になるのだろうか。それともハイエルフやハイフェアリーの様にハイヒューマンに?

何か条件があるのか。うぅむ、頼むから誰か説明してくれ。

「大きくなったのはいいけど、なんだか変な感じね。主様やカエデが同じサイズなんて」

「お前が大きくなったんだ。けど、その大きさだと里には帰れないな」

「なんで？　フラウ、大きくなっても気にしない――ぬぐわぁ!?」

しゅるん、とフラウが一気に縮んだ。着ていた服がぱさりと落ち、中から裸のフラウがもそもそ顔を出した。どうなってんだ、ほんと。フェアリーは謎が多過ぎる。

「あは、あははは！　みてよ、自分で大っきくなれる！」

再びフラウのサイズがヒューマンサイズになる。

よく見ると聖武具であるハンマーも、その都度サイズが変化していた。

「だめです！」

「うわっ」

カエデが反応して目を隠す。やっぱり少し遅い。

ハイフェアリーって大きくなったり縮んだりできるのか。なんだか羨ましいな。龍人にもそんな力ないのか。

再び服を着たフラウは、ぴょんぴょん跳びはねて嬉しそうだ。黄緑色のツインテールが踊っている。彼女はすぐにきりっと表情を引き締めた。

「フラウの時代が来たわね」

「もう行くぞ」

「待って、もっと喜んでよ主様！」

付いてくるフラウはずっとニコニコしていた。

◇

街に戻ると、そのまま服屋へと立ち寄った。

もちろんフラウの新しい服を買う為である。

「これもいいかもー。あ、でもこっちもいいよねー」

「フラウさんは可愛いですから、こっちの方がいいんじゃないでしょうか」

「それ、すっごくお洒落ね。カエデセンスいいわ」

女性メンバーは服を眺めて、あれこれ楽しそうに会話している。

長い。かれこれ一時間以上は店にいるぞ。別にいくらでも待っていいんだが、女性服専門と言うだけあって客の目がなかなか痛い。カエデの服を手に入れた時もこんな感じだったなぁ。はぁ。

「でもあの服も気に入ってたのよね。びりびりになったけど」

フラウが布きれを取り出す。

あの服はアルマンの店でもらった特別なものだ。ずいぶんと気に入っていたようだが、姿が変わる際にびりびりに破けてしまったので今はもうない。

フラウは布きれを握り、女性店主へと向かった。

「あのね、仕立ててもらうことはできるかな」

「そりゃあ構わないけどデザインは決まってるのかい？」

「うん」

フラウは渡された紙に以前の服のデザインを起こす。受け取った女店主は、そのデザインをまじまじと見た。

「こりゃあもしかして母さんの服かい」

「え？　お母さん？」

「あたしゃあ生まれはアルマンなんだ。実家は人形店でね、母さんはフェアリーの服を作るのが趣味だったんだよ」

「嘘、あのおじいさんの娘なの」

「これならよく覚えてるよ。見ればあんた、なりはデカいけどフェアリーじゃないか。そうかいそうかい。母さんの服をねぇ」

ふくよかな体型の女店主はニカッと笑う。

まさかこんな所で縁が繋がるなんて驚いた。

俺達は彼女に事情を説明する。

「――サイズが変わるフェアリーねぇ。母さんもそこまで想定できてなかったから、こうなったのは当然っちゃ当然だ。よし、ここで同じのを作ってあげるさね」

「いいの!?」

「これも縁さ。それに母さんの服を大切にしてくれたあんたには、娘としてお礼をしないとね。てことでちょっと待ってな」

店主は奥に引っ込んでしまう。今から仕立てるにしても数日かかるだろう。多分今からするのはその準備。だがしかし、一時間経ってても店主は奥から戻ってこなかった。

「遅いですね。まさかもう作製を始められたのでしょうか」

「それはいくらなんでもあれじゃない。フラウが欲しいのはヒューマンサイズなんだけど」

「ちっちっち、諸君グレイフィールド一の女性服店を舐めてもらっちゃ困るよー」

ルーナは何故かドヤ顔だ。お前は何もしていないだろ。

「できたよ」

「「えぇ!?」」

戻ってきた店主の手には、破れたものとそっくりの服があった。しかもサイズまで同じ。今欲しいのはヒューマンサイズの服なのだが。

同様のことを思ったのかフラウも困惑気味だ。

「気に入ってた服だからこうして戻ってきたのは嬉しいけど……今のフラウはヒューマンサイズの服が欲しいんだけど」

「んなぁこたぁ分かってるよ。いいから着てみな」

言われるままにフラウは通常サイズに戻り、作られた服を身につける。

女店主は「じゃ、大きくなりな」と言った。

「でも、また破れるでしょ」

「その服には高伸縮糸を使っててね、どんな体型でもぴったりフィットするのさ。このあたしが簡単に破れるような服作るわけないだろ」

フラウはヒューマンサイズとなる。服も破れることなく同様に大きくなった。

高伸縮糸、そんな素材があったなんて知らなかった。さらに驚くべきは、女店主の作製速度である。たった一時間でこれを作るなんてただ者じゃない。

ルーナがドヤ顔で店主を紹介した。

「彼女は我が国で一番の裁縫師。ルーナやお父様の服も手がけ、この業界では知らぬ者はいない達人なんだよー」

「すごっ」

「良かったですねフラウさん。これでいつでも好きな時に大きくなれますよ」

「そうね、ありがとうおばさん」

「いいんだよ。あたしもフェアリーの服をいつか作ってみたいと思ってたからね。親子で夢を叶（かな）えることができて最高だよ」

そう言いつつお代はきっちり取る。父親と違い娘はしっかりしているようだ。

ヒューマンサイズのフラウがニコニコして俺の前に立った。

「どう、主様」

「よく似合ってて可愛いぞ」

「えへぇ」

フラウは羽をぱたぱたさせてはにかむ。

「きゅう！」

刻印からパン太が出てきて宙を舞う。

ずっと仕舞っていたから少しばかり不機嫌だ。パン太はすぐに周囲を見回しフラウを探す。

だが、フラウを見つけられず店内を飛び回った。

「どこ見てるのよ。ここにいるでしょ」

ずいっと出てきたフラウにパン太は目を点にする。

そして、それがフラウだと分かった瞬間、大きな目がうるうると潤み始めた。

「きゅぅぅううう！」

「よしよし」

カエデの胸の中へ飛び込んで泣く。

自分よりも大きくなったことにショックを受けたらしい。同サイズの友人が消えてしまったと思ったのだろう。

しゅるるん、フラウは目の前で小さくなって見せた。

「ふっ、白パンには可哀想だけどこれが現実よ。今のフラウは大きくもなれるし小さくもなれるの」

「…………きゅう！」

パン太は嬉しそうに寄っていって体を擦り付ける。

「なによあんた、フラウが大きくなれるのはどうでもいいわけね」

「きゅう」

「ま、いっか。白パンで寝られなくなるのはフラウも嫌だし」

「きゅう！」

「なんで怒ってんのよ」

俺達は店主に礼を言って店を出る。

多少時間はかかったが、想定以上の物が手に入って満足だ。フラウが大きくなれるのも非常にありがたい話である。何度かフラウがヒューマンサイズだったらと思った場面はなくもない。

——これでフラウにも食事を作らせることができる。

いやぁ、二人だけで回すのはなかなか大変だったんだ。家事は地味にしんどいからなぁ。

「不思議だわ。何故か寒気がする」

ぶるっとフラウは青ざめた顔で震えた。

大通りを歩いていると知った人物と出会う。

「これは奇遇だな」

「げ」

桶を脇に抱えたグレイフィールド王だ。

また風呂か。王様が街中をフラフラしてるのってどうなんだ。

「ルーナよ、それで同行してどうだった」

「色仕掛けは無理だったねー。カエデちゃんもフラウちゃんも可愛いから、ルーナでは敵(かな)わないよー」

「それは残念」

ルーナは『失敗失敗』とばかりにテヘペロする。

本人のいる前で報告なんてするなよ。

はぁ、マイペース過ぎる親子の相手をするのは疲れる。


「ぶはぁぁあああっ」

湯上がりからの冷たいミルク、最高だ。これを考えた奴は天才だな。

隣では素っ裸で腰に手を当てる国王がミルクを飲み干す。

「くふぅ、湯上がりはこれに限る」

「やけに美味いミルクだが、近くに牧場でもあるのか」

「ある。そして、そこで飼われている乳牛は、ミルクで有名なあのパッタン村で生まれた一級品だ」

「あー、あの村ね」

エルフの里の近くにある村だったよな。

やけにミルクが美味しくて、ついチーズやらヨーグルトやら土産物を購入してしまった観光名所。

そうか、あそこの牛のミルクなら納得だ。

「で、成果は？」

「なんとかまともに戦えるくらいにはなったよ。できればダンジョンの最下層まで行きたかったけど、お姫様を長時間連れ歩くのもどうかと思って引き返してきた」

「すまない。娘が足を引っ張ってしまったようだ」

「そんなことないさ。ルーナはよくやってくれたよ」

暗い顔をする国王にすかさずフォローを入れた。

実際、ルーナは役立ってくれた。慣れないダンジョンでも一生懸命に付いてきてくれたし、雑用や見張りも率先してやってくれたんだ。あの陰鬱としたダンジョンで明るさを保てたのは、ルーナがいてくれたからだ。

カエデやフラウだってそう思っているはずだ。

国王は脱衣所に置いてあった椅子に腰を下ろした。

「これはまだ公にはなっていないが、漫遊旅団がアルマン所属の勇者として正式に認可された。近い内にアルマンより使者が来るだろう」

「とうとう決まったのか」

彼は静かに頷(うなず)き、棚の籠から新しいミルクの瓶を取る。

きゅぽん、栓を抜いてぐいっと瓶を傾けた。

「んぐっ、称号授与はこちらで行う予定だ。簡易の式になるが構わないな?」

「問題ない。むしろ無駄に顔を見せなくて助かるよ」

「ふっ、貴公は変わっているな。普通は派手にしたがるものなのだが」

「そうか?」

タオルで頭を拭きつつ返事をする。

憧れと現実って違うものだろ、英雄や勇者なんて他人だからカッコいいし憧れるんだよ。

実際は目立ちまくって碌なことがないに決まってる。死んだ母さんが常々『トール、貴方はできるだけ目立たずに生きなさい』って言ってたしな。穏便に楽しく生きられるのが一番だ。

俺には重い責任を正面から受け止める強さなんてないんだよ。

ずずん。

突然、建物が激しく揺れる。

「なんの揺れだ？」

「分からん。どうも外が騒がしい」

国王と一緒に外へと飛び出す。

建物を焼く真っ赤な炎。街のあちこちで黒煙が昇り、天を炙るような炎がここからでも確認できた。逃げ惑う大勢の人々。悲鳴がさらに俺を混乱させる。

「っつ!?　おっさん、下がってくれ！」

「トール殿!?」

ばさっ。上空から黒い塊が勢いよく降下し、突風を巻き起こして地面に足を着けた。

それは黒いワイバーン。ドラゴンの亜種。

「ははははっ！　トール、こんな所にいたのか！」

ワイバーンにまたがるセインが、俺を見下ろし嗤っていた。

「これはお前の仕業なのか」

「そうだとも。僕が兵を率いてやったことだ」

真上を数頭のワイバーンが通過する。それらを追う様にして複数のワイバーンが通り過ぎた。逃げているのは魔族のワイバーン部隊のようだ。

「我が国のワイバーン部隊だ。敵の掃討に当たってくれている」

「そう言えばこの国にもいたね。少数精鋭の騎士団が」

「元勇者の貴公が何故このようなことを！」

国王は怒りから、血が滴るほど拳を握りしめていた。

だが、セインはどうでもいいとばかりに、薄ら笑みを浮かべる。

「元なんてやめてくれないかな。僕は今も勇者だ。もちろん魔族側の勇者だけどね。あははははっ」

「きさまぁ！」

踏み出す国王を俺は手で制する。

「あんたは宮殿に戻れ。ここは俺が引き受ける」

「トール殿……すまん。頼んだ」

怒りを飲み込み彼は走り去った。

本当は俺の制止を振り切ってでも、セインと戦いたかったはずだ。だが、己よりも国王としての務めを優先させた。

彼は立派な王だ。尊敬する。だからこそ俺は期待に応えなければいけない。

一刻も早くこの状況を収束させるのだ。

「トール、武器も持たず僕に勝てるとでも思っているのか」

「お前程度タオル一枚で充分だ」

「ははは、強がるなよ。本当は怖いんだろ」

「ぜんぜん」

そう言いつつも不安は拭いきれない。せめて剣さえあれば。

いや、ない物を言っても仕方がない。ここはタオルでなんとかするんだ。

「いけ、バーズウェル」

「ギャァオウ！」

セインはひらりとワイバーンから飛び降り、黒い亜竜が俺に大口を開ける。

ワイバーンはドラゴンの亜種の中でも飛び抜けて強い。正統種のレッドドラゴンには数段劣るが、それでも怪物と呼ばれるくらいには危険な存在だ。

す、ぱんっ。

「どけ」

「バーズウェル!?」

濡れタオルでワイバーンを蝿(はえ)の様にはたき飛ばす。

黒い亜種は「ギャゥウウ!?」と鳴き声を発しながら夜空へと消える。

セインは俺を憤怒の表情で睨(にら)み付けた。

「よくも僕のワイバーンを」

「けしかけたお前が悪い」

「黙れ。いいさ、すぐに魔剣の錆にしてやるよ」

奴の抜いた剣は、寒気のするような気配を放った。刀身まで黒く、まるで負の感情を凝縮して剣にしたような、そんな武器に思えた。

今まで相手にしてきた魔剣とは格が違う、瞬時に悟る。

「びびったかい？　これこそが聖剣に代わる僕の新しい武器だ。本当はただの挨拶のつもりだったのだけれど気が変わったよ」

「挨拶だと？」

「魔王を従える真の勇者としてのお披露目さ。宣戦布告とも言うけどね。君を含め、僕を虚仮にした全てのヒューマンに、存分に恐怖を味わわせてやるよ」

セインはゆらりと剣を構える。

俺も濡れタオルを垂らして戦闘に備えた。

「はぁっ！」

「ふっ！」

同時に踏み出し相対する。

俺は素早くセインの剣に濡れタオルを巻き付け、斬撃を逸らした。

「なっ――ぶぐぅっ！？？」

そこから間髪を容れず、左拳を鳩尾にめり込ませ振り抜く。

セインは豪速でまっすぐ飛んで行き、街の外壁を突き破って闇に消えた。

追いかけて決着を付けたい所だが、今は街の住人が心配だ。火も勢いを増し、さらに延焼範囲を広げている。セインの相手をしている余裕はない。

「ご主人様！」

「なんなのよ、これ！」

「ルーナ達の街が！」

カエデ達が服を着て、外へと出てくる。

ちょうど良かった。カエデがいれば火事をどうにかできる。

「俺が魔力を供給し続ける。お前は街の火を魔法でなんとか消してくれ」

「分かりました。ではすぐに」

「フラウ、ルーナは住人の救助を優先してくれ」

「任せて！」

「了解だよー」

鉄扇を開いたカエデは氷魔法を行使。彼女を中心に冷気が街を覆い、同時に空には雲が立ちこめ強い風が発生する。

「ブリザードサークル」

複数人で行使する広域魔法をたった一人で発動させた。

極寒の風は熱を奪い、ごく短時間で鎮火させてゆく。

それでも全ては消しきれない。

住人を凍死させないコントロールは相当な負担がのしかかるはず。カエデの額から汗が流れ落ちる。魔力消費もすさまじく、俺と魔力のパイプを繋げてなんとか維持している状態だ。

そろそろ限界が近いか。不意にカエデが力を無くした。

俺は咄嗟(とっさ)に彼女を両手で抱き留める。

「すいません。一瞬だけ意識が飛んでしまいました」

「もういい充分だ。ありがとう」

彼女を強く抱きしめた。

よく頑張ってくれた。今はゆっくり休め。

◇

――カエデの尽力もあって、街の火は夜明けを待たずして完全に鎮火した。

魔族のワイバーン部隊もセインが消えた後に撤退、死傷者も想定よりも少なく、奇跡的に街が受けた被害は最小限だった。グレイフィールド王は復興を進めながら、同時に魔族へのさらなる防衛強化へと乗り出した。

「諸君らのおかげで我が国は窮地を凌ぐことができた。深く礼を言う」

謁見の間、国王自ら俺達に感謝の意を表した。

俺もカエデも照れくささに苦笑する。

フラウはパン太に乗って当然と言わんばかりのドヤ顔だ。

王の近くで控えるルーナはドレスを着ていて、俺達に笑顔を向けていた。

「称号の授与を始める。使者はここへ」

扉が開けられアルマンからの使者が現れた。

その人物に俺達は目が点になる。

「マリアンヌ!?」

「ふふっ」

使者は騎士のいでたちをした、ロアーヌ伯爵の娘マリアンヌ。

スマートな足運びとゆさりと揺れる胸、凜々しい顔つきは、以前の印象を変えるくらい様になっていた。

彼女は俺達の横を通り過ぎ、国王の前へと歩み出る。

赤い箱を国王へと差し出した。

「重要な役目にずいぶんと辛労を重ねたであろう。長旅ご苦労であったな」

「とんでもございません。このような素晴らしき日に立ち会えたことこそが、最大の喜びであり酬いでございますわ」

国王は玉座から立ち、赤い箱から青い石を取り出した。

それを俺の腕輪へとはめ込む。腕輪には竜の目のような美しい宝石が輝いていた。

これこそが勇者の称号。証だ。

変な感じだな、俺が勇者なんて。

あの日、パーティーを追い出された俺は、今日が来ることを欠片すらも想像していなかった。

人生何が起こるか分からない。まさにその通りだと思うよ。


「トール様！　お久しぶりですわ！」

式が終わるとマリアンヌが抱きついてきた。

久しぶりのお嬢様の弾力と良い香りにくらくらする。反応してはいけないと分かっていても反応するのが男だ。

「カエデさんもお元気みたいでなにより！」

「マリアンヌさんは、少し変わられましたね」

「わたくしもあれから大変でしたの。レベルが上がったおかげで、近辺の魔物退治などにかり出される様になりまして。それに加えて花嫁修業ですから、毎日が忙しくて忙しくて」

「でも、一段とお綺麗になりましたよ」

「ふふっ、カエデさんからそう言っていただけると、自信が湧きますわ」

俺との挨拶はほどほどに、マリアンヌはカエデと話し込む。

二人はそのまま宮殿にある庭園へと歩いて行った。

この様子だとしばらくこの辺りで時間を潰さないといけないな。

女性のおしゃべりはとにかく長い。昔からそういうのは嫌ってほど体験してきた。

「え、なに？　自分も大きくなる方法がないかって？」

「きゅう」

「あるわけないでしょ。あんたは白パンのままでいいの」

「きゅう！　きゅう！」

「不公平じゃないわよ。フラウはそれだけ沢山戦ってきたんだから」

頭の上ではフラウとパン太が揉めている。

仲が良いのはいいことだが、こう毎日頭上で騒がれては疲れる。今日は慣れない式があってただでさえ精神疲労が大きい。

宿に帰って一眠りしたい。

ばふっ。あくびをした所で、顔面にパン太がぶつかってくる。

「よくもフラウの髪を齧（かじ）ったわね！」

「きゅ、きゅ、きゅ」

「笑うなぁああ、白パン!!」

パン太が素早く避けた所で、俺の額にフラウのパンチが当たる。

「……あ」

「フラウさん、ちょっと話をしようか」

フラウは逃げ出した。

小さな部屋の中でじりじり炙られる。

噴き出す汗はしたたり落ち、熱気が体の表面の水分を奪っていた。

じゅわぁぁ、他の客が赤く焼けた石に水をかける。ただでさえ熱いこの部屋がさらに暑くなった。

おまけに部屋の中は、厳（いか）つい男でみっしり埋まっている。視覚的にも暑い。

「ふぅうう」

そろそろ限界か。そう思い立ち上がろうとすると、部屋の中にいる男達がニヤリとする。

その瞬間、奴らの心の声が聞こえた気がした。

『へへ、もう限界か坊主』

『一人目のリタイヤ、っと』

『漢（おとこ）じゃねぇな』

『若いくせにこのくらいでへばるのかよ』

ただの錯覚かもしれない。だが、奴らは確かに俺の限界を喜んだ。

浮かせた尻を戻す。

もう少しだけ耐えて見せる。

ここは大衆浴場の中に設置されているサウナである。

端から興味もなく入るつもりもなかったのだが、風呂好きを公言するルーナと国王に「サウナは絶対入るべき」と強く勧められた為、こうして現在体験しているわけだ。

ちなみにこのサウナはいくつかのエリアに分かれていて、支払う値段ごとに受けられるサービスも違う。

俺がいるスペースは最も値段が低い平民エリアと呼ばれている。貴族エリアではマッサージも受けられるそうだが、ただサウナを味わうだけなら高い金を払う必要性はないだろう。

――この時まではそう考えていた。

熱い、こいつらいつまで耐えるつもりだ。

ずらりと並ぶサウナの猛者共、くぐり抜けた修羅場の数が違う為か、弱音一つ吐かずひたすらに耐える。汗に濡れた筋肉もすごい。こいつら全員が出て行けば、室温ももう少し下がるのではと考えた。

ぴょこ。ドアの窓に頭が出る。

身長が低いせいか窓まで顔が届かない。

するとその頭に、タオルを体に巻いたフラウが乗った。

おい、ここは男性専用だぞ。

ドアが開けられ、体にタオルを巻いたルーナが顔を部屋の中に入れた。

「いたいたー、トール君みーっけ！」

「なにしてんのよ主様」

「俺の台詞だ。男湯だぞ」

部屋の中の男達がざわつく。

あれだけ堂々としていた彼らが、顔を赤らめて恥ずかしそうにしていた。

なんだか申し訳なくて、俺はサウナ室の外へと出る。

「どうしてここにいるんだよ」

「ん～？　トール君こそ、なーんで平民エリアにいるのかな？」

「そりゃ高い金払ってまでマッサージを受けたいとは――って、どこに連れてく気だ!?」

「ここには王族専用エリアがあってさ、ルーナもカエデちゃんもマリアンヌちゃんもそこでサウナを楽しんでるのさー。てか、最初にサウナを勧めた時にちゃんと教えたと思うけど」

ルーナは腕を摑んでぐいぐい引っ張る。

俺の肩に乗ったフラウが「主様、きっと驚くわよ」と自慢気だ。

男達の驚きも気にせずルーナはエリアを突き進み、扉のついた頑丈な壁に到着する。彼女は胸の谷間から鍵を取り出し、鍵穴に差し込むと施錠を解いてドアを開けた。

ドアの向こう側は、甘い花の香りがする華やかなエリアだった。

内装自体はどちらもさほど変わらないが、上品な服を着た女性の世話係がいたりして、同じサウナとは思えない空気感だ。

平民エリアより何倍も広くて、ルーナに案内された場所にはプールもあった。

「こ、これが、王族専用エリア……すげぇ」

「カエデ、主様を連れて来たわよ！」

フラウの飛んで行く先には、マッサージを受けるカエデの姿が。

その横には同様に豊満な胸を押しつぶしてマッサージを受けるマリアンヌがいた。

「あら、トール様。ようやくお見えになりましたのね」

「ご主人様、ここ最高ですよ～」

二人は水着を着ているようだが、その白く艶めかしい背中はもはや裸だ。

振り返ったルーナとフラウがタオルをとる。二人も水着だった。

「おやおや、全裸かと思ったかな？　残念だったねー」

「主様、フラウを見て褒めて！　新しい水着よ！」

「うんうん、可愛いな。よく似合ってる」

「えへぇ。しょうがないわね主様は、褒めたくてしかたなかったんでしょ」

フラウを褒めると、ルーナがむすっとする。

腰に手を当てて胸を突き出した。

なんだ……この間は、何待ちなんだ？

「トール君!?」

「ふふん、主様は弩級の鈍感なのよ。その程度のアピールで気づくはずないでしょ」

「どうなってんのトール君の頭は!?」

「ほへはふほ！」

怒るルーナはフラウの頬を両手で押しつぶす。

さて、サウナの続きをと。

中途半端に出てきたから不完全燃焼気味だ。マッサージを受けるにも、やっぱしっかり汗を流してからの方がいいよな。

「そだ、トール君はまだサウナ入りたいよねー」

「まぁな」

ルーナが俺の手を握り、サウナルームへ引っ張る。

部屋へ入るとむあっと熱気が迎えた。

「サウナはねー、温めて冷やすを繰り返すのがいいんだよー」

「冷やす？　さっきのプールか？」

「そそ、平民エリアにも水風呂はあったと思うけど、ここはただ入るだけじゃなく遊ぶこともできるから楽しくサウナを堪能できるんだよー」

へー、水風呂か。この後だとさぞ冷たく感じるんだろうな。

耐えた後にまた耐える。なんて苦行だ。

もしやこの国はサウナを使って国民を鍛えているのか。

なるほど、だから国王も風呂やサウナを推奨していると。気づいてしまえば簡単な話だった。さすが最前線の国、ここでは誰もが立派な戦士なのか。

ドアが開けられ、カエデ、マリアンヌ、フラウがやってくる。

フラウを除いた三人が俺を囲む様にして座った。

「そう言えばパン太は？」

「プールでプカプカ浮かんでるわ」

そうなのか。考えてみればパン太は毛に覆われているから、熱いのは苦手なのかもしれない。返事をしたフラウは早くも横になってバテ気味だ。

「限界！　とけちゃう!!」

ずばん、フラウはドアを開けて飛び出した。

残された俺達は熱気に汗を流す。

「カエデちゃんもマリアンヌちゃんもマッサージはもういいのかなー。せっかく先にサウナを堪能させてあげたのに」

「ルーナさん、貴方計りましたわね。危うくトール様と貴方を二人きりにする所でしたわ」

「ご主人様は私のご主人様です！」

三人が騒がしい。よくこの熱さで会話ができる。

すでに全身から汗が噴き出し滝の様に流れ落ちていた。

カエデとマリアンヌも同じくらい汗をかいているが、ルーナはまだそれほどかいておらず余裕がある。

こいつ、可愛い顔して圧倒的猛者だ。向こうの男達が子供のようである。

にじみ出る強者（つわもの）のオーラを俺は感じ取っていた。

「ふがいない奴隷で申し訳ありません！」

カエデが限界を迎え、サウナを飛び出す。

マリアンヌとルーナはにっこりする。

「最大のライバルが脱落したねー。あとはマリアンヌちゃんだよ」

「争いは好みませんけど、挑戦されたとあっては受けて立つのが貴族の娘」

何故か二人が張り合っている。

友人とは聞いていたが、実はライバルのような関係だったのか。だとしたら俺は邪魔でしかないのでは。そろそろ限界も近い、ここは一度外に出ておくべきか。

そっとサウナを出る。

「つめてぇぇ！　ひぃぃい！」

「ふふ、最初はびっくりするくらい冷たいですよね」

プールに身を沈めると、近くでカエデがニコニコしていた。

普段とは雰囲気が違うと思っていたが、今日はポニーテールにしているのか。水着もよく見ると新調していてデザインが以前とは違う。

「今日は特に可愛いな。髪型とか水着も」

「あ、ありがとうございます！　よかった、気づいてもらえた」

カエデが満面の笑みを浮かべ、狐耳をぴこぴこさせる。

「ところでお二人は？」

「張り合ってるようだったから邪魔かなと思ってさ。しかし、二人共サウナが大好きなんだなぁ」

「ご、ごしゅじんさま……」

カエデが僅かに呆れているような表情をする。

ん？　変なことを言ったか？

ぼふん、顔にボールが当たった。それは軽くて水に浮かぶような物。正面にはヒューマンサイズになったフラウが「こっちこっち」と手を振っている。

投げ返すと嬉しそうにボールをキャッチした。

「それ！」

「次はご主人様です」

「お、おお」

三人でボールを回す。

不思議と楽しい。やってることは単純なボール遊びなのだが。

「負けましたわ」

とぼとぼとマリアンヌが戻ってくる。

全身汗まみれで顔に髪が張り付いていた。彼女へ手を振ると、きょとんとした顔をした後にサウナへ振り返って「あ」と声を漏らした。

直後にルーナが飛び出す。

「ひどいよトール君！　やっとルーナが勝ったのにさ！」

「俺のせい？」

「トール様は何も問題ありませんわ。そもそもサウナは楽しく汗を流す場所、対抗意識を持ち込むべきではありませんでしたわ」

「うぐぅ、だよねー」

二人もプールに入るが、あまりの冷たさに悲鳴をあげた。

目が覚めると、僕は逆さまで枝に引っかかっていた。

動けば顔面から地面へと落ちる。

「ぺっ、ぺっ、トールめ」

起き上がれば、腹部に激しい痛みがあった。グレイフィールドの街を襲ったのはいいが、偶然にもトールがいたことで、手痛い反撃をもらってしまった。

おかしい。あいつはレベル20台のお荷物だったはずなのに。どうやってあそこまで強くなれたんだ。もしかして僕の知らないレベルアップ法でもあるのだろうか。

ちくしょう、トールごときにやられるなんて。

腹立たしさこの上ない。憤死してしまいそうだ。

「そうだ、バーズウェル！」

リサにもらった黒いワイバーン。

急いで森を出れば、バーズウェルが横たわっていた。

大丈夫だ。息はある。こいつがいないと城に戻れないからな。

ばしばし顔を叩く。

「起きろ！　いつまで寝てるんだ！」

「……グルゥ？」

「どわっ!?」

体を起こしたバーズウェルは何故か背後を確認した。ぶんっと尻尾が振られ僕に直撃する。

「どこを見てるんだ！　こっちだ！」

「グル」

「もういい、城に戻るぞ」

黒いワイバーンは体を屈(かが)める。

遠くでは未だ夜の闇の中で炎をあげる街があった。

宣戦布告は一応だが成功と言える。僕を虚仮にした奴らはさぞ動揺することだろう。

ばさっ。バーズウェルが飛び立つ。

◆

謁見の間にてリサが深々と僕に頭を垂れた。

「宣戦布告の件、見事だったわ。ヒューマン共はさぞ恐怖に震えたことでしょう」

「そんなことはもういいんだよ。それよりもっと強くなる方法はないのか。このままじゃ、トールに勝てないだろ」

「じゃあ、さらなる魔装武具を用意するわね」

六将軍の一人、デネブが漆黒の鎧を部屋へ運び込む。

それを見てゾッとした。剣の比じゃないヤバさを感じ取ったのだ。そこにあるだけで空気がよどむ。邪気、とでも言えばいいのだろうか。

ドロドロとした怨念をそのまま鎧にしたような異様な物体。

「これは過去、三名しか身につけることができなかった。呪われた武具よ。強力過ぎて封印されていたのだけれど、剣に認められた貴方なら必ず手に入れられるわ」

「それを身につければどれだけ強化されるんだ？」

「記録では五割までレベルを上げることができるそうよ。ただ、これに関しては力を解放する度に、激痛が走るらしいけど」

リサは笑顔のまま「どう？」と返答を待つ。

完全に失敗作じゃないか。そんな物を僕に着けろだと、冗談じゃない。

一応の拒絶をしつつ僕の視線は鎧に釘付けになっていた。

だがしかし、五割のレベル上昇は魅力的……魔剣と合わせると九割も底上げされるのだ。

あれから僕は魔物を殺しまくってレベルを100にまで上げることができた。今なら190まで上昇させることができる。トールのレベルが200前後だと仮定すれば、この五割はどうやっても無視できない。

「気が変わったよ。着ける」

「いい返事ね。心配しないで、これに関してはそこそこの激痛に耐えるだけで、所有できるそうだから」

リサは僕の服を剝ぎ取り全裸にすると、拘束具のついた金属台に縛り付ける。

がらら。台に付いた小さな車輪が激しく鳴った。彼女は僕が乗った台を押して、お城の廊下を疾走する。

「どこへ連れて行く気だ!?」

「暗くて冷たくて叫んでも誰にも聞こえない場所よ」

リサは地下へと行き、分厚い扉のある部屋に僕を運び込んだ。

彼女は素早く白衣と手袋を付ける。その背後では、マスクを付けた将軍のデネブが助手として控えているのが確認できた。

デネブが持ってきた鎧をバラバラの状態で金属の机に置く。

「それじゃあ始めるわね」

「ひぃ!?」

リサの持つガントレットの口から触手が出ていた。

ちらりと見えたその中は、うぞうぞと何かがうごめいている。

がぽり。ガントレットが腕にはめられた。

「ひぎゃぁぁああああっ!!」

気持ち悪い！　なんだこれなんだこれ!!

ぬめぬめしてて、ぐじゅぐじゅしてて、絡みついてくる。

「あらあら、ずいぶんと気に入られたみたいね。もしかして相性がいいのかしら。五割と言わず六、七割はいけそうね。ふふっ」

腕に激痛が走る。まるで腕を切られたような痛み。

「ひぎゃぁぁあああああっ!!」

「次は足」

「やめ、やめてくれ！」

「頑張ってセイン。勇者でしょ」

「ぎゃぁぁあああああああああっ!!」

足をあの気持ち悪い感触と激痛が襲う。

許して、もう無理。耐えられない。

「あらあらあら、漏らしちゃったの？　さすがはウンコ勇者ね、ぷふっ」

「魔王様、次の防具を」

「そうね。頑張って続行しましょうか」

リサが何かを言っているようだったが、はっきり理解できなかった。

早く終わって欲しい。

それだけしか考えられない。


「はい、終わり。四人目の誕生ね」

「はぁ……はぁ……」

朦朧とする中で右手を見る。

そこには漆黒のガントレットがあった。僕は鎧を手に入れたのだ。

幸いなことにこの鎧には兜がなかったので、あの気持ち悪いものを顔で受け止めることはなかった。

拘束具が外され、台からゆっくりと起き上がる。

違和感らしい違和感はなかった。試しに腕や足を動かしてみた。まるで自分の肉体の一部のような感覚だ。それでいて恐ろしく軽い。

「さ、セイン。鎧を発動させてみて」

「今からか？」

「痛みに鈍感な内に慣れておかないと」

「……それもそうだな」

鎧の力を解放する。思ったよりも痛みは感じない。

最初はびりびりする程度。

魔剣の力も解放し、レベルは……２１０。予想に反し鎧は七割の上昇をみせた。合わせて十一割ものパワーアップを遂げたのである。

素晴らしい。これこそ僕が望んでいた力だ。

「くっ!?」

一分が経過した所で痛みが増す。毎分痛みは強化され、五分ほどで歯を食いしばらなければ耐えられないほどになっていた。六分に入った所で耐えきれなくなって鎧の力を閉じる。痛みは消えたがすぐには動けず、床に両手を突いてしまった。

リミットは五分。それ以上はまともに戦えない。

だが、いいさ。トールを殺せるならこの程度のこと受け入れてやる。

「頑張ったわねセイン。少し休んだら、行ってもらいたい所があるの。いいかしら」

「それは僕にメリットがあるのか」

「もちろんよ。トールに関係するって言えば分かりやすいかしら」

「トール！」

その名を聞いて怒りが燃えさかる。

あいつは僕が殺す。その為にここまでしたんだ。

震える足でなんとか立ち上がる。

リサは笑顔で拍手した。

「すごいすごい、あの状態からよく立てたわね。もう、はいはいしかできないかと思ったわ」

「この僕を馬鹿にしているのか」

「冗談よ。冗談」

なんとか椅子を見つけて座る。

そのやってもらいたいことの説明を求めた。

「そこまで難しい話じゃないの。恐らくすでにトール達はこちらへ向かっているわ。そうなると、ヒューマン側は守りが薄くなる。そこでセインにはバルセイユを奇襲してもらい、国王を始末してもらいたいのよ」

「どうしてバルセイユなんだ」

「一番守りが緩いからよ。あの国、今は人手不足でワイバーン部隊がいないでしょ」

僕は思わずニヤリとした。

そう言えばそうだった。現在のバルセイユはワイバーン部隊がいなかったのだったな。

理由は簡単で、ワイバーン部隊を維持する金がなかったからだ。

ワイバーンもそれに付随する道具も維持費が高額だ。しかもあの愚王は、そこにつぎ込むべき金を密(ひそ)かに奴隷の購入にあてている。たとえワイバーン部隊がいようとも、そこで生まれ育った僕には、いくらでも突ける穴が見えていた。

いいねぇ、あの王様にはずいぶんと馬鹿にされたんだ。

泣きわめく姿が今から楽しみだよ。

旅立ちの朝。地平線より太陽が昇り朝露が草花を濡らす。

新たな旅の始まり。これから俺達は魔族の支配する暗黒領域へと向かう。そして、果てにあるのはセインとリサとの決着。

見送りには国王、ルーナ、それにマリアンヌが来てくれた。

「どうかお気を付けて、いってらっしゃいませ」

「何かあればメッセージのスクロールで知らせてくれ」

「またねー、トール君！　ばしっと片付けて戻ってきてよ！」

三人の言葉に頷く。

結局グレイフィールドを存分に満喫することはできなかった。本当は観光や買い物に、有名な娯楽施設などを回りたかったのだが。非常に残念だ。

ただし、戦力面だけで言えば得られた物は多い。

新たな聖武具に対リサ戦の切り札。勝てると断言はできないが、対等な勝負はできるはず。この旅でさらに手札を増やせれば勝率も上がる。

「トール殿」

歩き出す前に国王に引き留められる。

彼は声のトーンを落として耳元で語りかけた。

「暗黒領域に入った際は、フォーメリア国を訪ねるといい。そこの魔族なら金次第で魔王城へ案内してくれるはずだ」

「どうしてそんな情報を？」

「ここだけの話なのだが、我が国は魔族と秘密裏に取り引きをしている。今は魔王の出現で交流は途切れているが、きっと余の名前を出せば協力してくれるはずだ」

彼は俺にそっと封筒を差し出す。

協力を求む手紙が収められているのだろう。

表向き魔族と対立しているグレイフィールドとしては、あまり大きな声で交流があるとは言えないらしい。

敵に内通しているととられかねないからだろう。

俺達は国王に一礼して街を出た。

第二章 戦士と臆病な魔族

首都を旅立ち、魔族の砦を越える。

ほどなくして俺達は魔族の支配する暗黒領域へと足を踏み入れた。

「普通と言うか、のどかですね」

「暗黒って言うからとんでもない場所かと思ってたわ」

「きゅう」

砦から続く道は草原を横切る様にあり、時折蝶々を見ることができる。

目が痛いほどの青空にぬるい風が吹いて気持ちが良い。

暗黒領域――名前は不気味だが、実際はただ単にヒューマンが支配をしていない土地の総称である。そこでは魔族がそれぞれの国を創り、ヒューマンと変わらない生活を営んでいる。

「なんだか不思議な感じですね」

「そうか？　自分ではそこそこイケてると思ってたんだが」

「いえ、そのようなお姿のご主人様も素敵だと思った次第で」

「見えないだけで実際に角があるわよね」

「お話しするかフラウさん？」

「ひぇ」

今の俺達は、偽装の指輪で魔族の姿となっている。

俺は普段の姿に角が生え、カエデは狐（きつね）の耳と尻尾を消した上で頭部に角があった。

フラウに関しては偽装は行っていない。

いつでもリュックに隠れられるので不要だと判断したのだ。

最悪、六将軍のミリムが付けていた偽装の指輪があるので、いざという時はそれを付けてもらうつもりだ。

「魔族の兵は見当たりませんね」

「一気に後退したんだろうな。ただでさえ少ない戦力をこれ以上減らしたくないんだろう」

確かに魔族は強い。けど、その代わり総数が少ないのだ。

おまけに彼らはいくつもの派閥があって一枚岩ではない。自己中心的で荒々しくまとまりが悪いのが魔族という種族。

だからって大群で押し寄せれば無用に刺激することになる。

少数で魔王討伐に行くのは、魔族側につけいる隙があり成功率が高いからである。

「カエデ、マップのスクロールを出してくれ」

「はい」

スクロールを受け取り発動させる。紙の上に半透明な窓が開き、詳細な地図が表示された。俺は指で進行方向を確認する。

フォーメリア国は……こっちの方角になるのか。

「こっちに行くぞ」

「フォーメリアには行かないのですか？」

「そっちは草原が続いている。もし見つかったら逃げ場がない。国王には悪いが、ここは回り道をしながら、見つからない様に動く方が得策だ」

それにフォーメリアが俺達に必ず協力するとは限らない。

もし正体を明かした上で裏切られたら、旅はより厳しさを増すだろう。できるなら国王の手紙は最後まで使わずにとっておきたい。

——そんなわけで、予定進路とは逆の方向へと歩き出した。

俺達は森を抜け、小さな山を越え、大きく回り込む様に進んだ。

時折、魔族とすれ違うこともあったが、向こうは俺達に違和感を覚えておらず、特にトラブルもなく旅は順調だった。

そして、目的の街へと到着する。

地図によるとその街の名は『コーゲハイン』。詳細は不明だが、そこそこ大きい街のようだ。

高い外壁に囲まれた街へと入る。

「ヒューマン側と違ってずいぶんと雑多ですね」

「なんつーか、混沌としているな」

魔族の街は物が多い印象だ。

見かける店には山積みになった魔物の素材が置かれ、よく分からない干物とかが無数にぶら下げられている。屋台の前では昼間から酒を飲む男共がたむろし、その脇には狩っただろう魔物が粗雑に置かれていた。

さらに街のど真ん中を、虎系やトカゲ系の魔物が人を乗せて闊歩する。

生活レベルはヒューマン側とそう変わらない印象だが、雰囲気にはかなりの隔たりがあった。

「しまった」

「どうしましたか？」

「こっちの金がない」

最近は金の心配をしなくていいので、すっかり気が緩んでいた。

よくよく考えてみれば魔族側の金を持っていない。これじゃあ何も買えないではないか。食事の為に財布を取り出してようやく気が付いたよ。

どうする？　適当なアイテムでも売って金にするか？

くいくい。フラウに服を引っ張られる。

「ねぇ、あれなんなの」

「あれ？」

フラウが指さしたのは大きな金属の檻だった。

それを中心に人だかりができている。看板には『三十分耐えられた者には百万進呈』と書かれていた。

ほう、百万ももらえるのか。どれどれ。

人を掻き分け檻の中を覗く。

「ひぃいいいいっ！」

「フシャー」

「出してくれ！　リタイアする！」

魔族の男が悲鳴をあげて檻から飛び出した。

中には五メートルほどのソードキャットがいた。

ソードキャット——尻尾に剣のような硬質化した皮膚を有し、近づく者を斬り殺す。性格はどちらかと言えば臆病な分類に入り、攻撃されない限りは威嚇に留まることが多い。暗黒領域にのみ生息する強い魔物だ。

へぇ、こんな所で見られるなんて幸運だな。毛並みも薄茶色でなかなか可愛い見た目だ。

「誰か挑戦しないのか。参加料は後払いでもいいぞ」

「やるっ！」

後払いと聞いて手を上げてしまう。

参加料は一万だが、百万が手に入れば問題ない。今は少しでも金が欲しい。資金なしではまともな旅なんてできない。

「ご主人様が行かずとも私が……ごくり」

「あんた猫を触りたいだけよね」

「そ、そんなことはありません。ここは奴隷としてですね」

「でもあの猫、大きくて可愛いわよね」

「やっぱりフラウさんもそう思いますか！」

はっ、とカエデは誘導に引っかかったことに気が付いた。

どうでもいいがもう入るぞ。誰が挑戦しても百万は変わらないんだ。

俺は檻の中へと入る。

「フシャー！」

「落ち着け、何もしない」

両手を挙げて見せ無抵抗の意思表示をする。

だが、ソードキャットは檻の隅に身を寄せ威嚇を続けた。

魔物に人並みの知性を求めるのは無理があったか。できればプライドを傷つけずにクリアしたかったのだが。

「ギブアップしてもいいんだぞ」

「まだ一分も経ってないだろ」

「無駄無駄。ウチの猫に五分以上耐えられた奴はいないんだよ」

……五分ね。

もしかすると特に警戒心の強い性格なのかもしれないな。

近づいた瞬間、ソードキャットから尾で突かれる。

「なんだとっ!?」

外がざわついた。店主も驚きに檻にしがみつく。

尻尾の剣を――二本指で挟み止めていた。

レベル300台にもなれば、このくらいの芸当もできる様になる。

猫は尻尾を引っ張るが、俺の指からはピクリとも動かない。

すかさずテイムマスターを発動。俺の発する空気が魔物の心を落ち着かせる。

近づいて首の辺りを撫でてやった。ごろごろ。すりすり。ソードキャットはごろんと転がってお腹を見せる。さらに撫でてやると喉が鳴った。

「ご主人様、私も触らせてください！」

「あ、こら」

「じゃあフラウも」

「勝手にすり抜けるな！」

鍵を開けてカエデが檻に入ってくる。フラウは小さいのでそのまま中へ。

三人で猫を撫でてやる。

なんだこいつ、可愛いな。もふもふしてるぞ。

「百万やるから帰ってくれ！」

え、もう終わりなのか。


手に入れた金で昼食を食べた後、俺達は街の中を散策する。

「ごしゅじんさまー」

「こっちこっち」

街の中心にはかつての魔王と勇者の像が置かれていた。

魔王クオルと勇者デオリカである。

この二人はここ五百年で、最も激しい戦いを繰り広げたことで有名だ。戦いは三日三晩続き、辛うじてデオリカが勝利した。魔族側にもヒューマン側にも多大な被害をもたらしたこの戦いは、どちらにおいても伝説として語られることとなったのだ。

その二人の石像の足下で、カエデは手を振っている。

フラウはデオリカの頭の上に座り、その周囲をパン太がくるくる回っていた。

おい、不敬だろ。今すぐ頭から下りなさい。

「すごく強そうな魔王ですね」

「あの性悪女とは大違いね。威厳があるわ」

魔王クオルは渋めの男前だ。対するデオリカは精悍（せいかん）な顔立ちで若い。

相当に腕の良い職人が作ったのだろう。躍動感が半端ない。

「君、強そうだね。冒険者かな」

後ろから声をかけられ振り返る。

そこには白馬に乗った美青年がいた。

しかも貴族然とした高貴な雰囲気を纏って(まと)いる。魔族は男らしい体格のいい奴らばかりだと思ってたが、彼のような細身の奴もいるのかとしげしげと観察する。

「ああ、漫遊旅団ってパーティーを――」

そこでハッとした。

ついクセでパーティー名を出してしまった。

なんて馬鹿なんだ。いくら偽装しててもパーティー名でばれたら意味ないだろ。

だが、青年は特に怪しむ様子もなく、微笑ん(ほほえ)で馬から下りた。

「漫遊旅団か、どうやら凄腕(すごうで)の冒険者みたいだね。先ほどのソードキャットへの挑戦、見させてもらったよ。もし良ければ屋敷で話を聞いてもらえないかな」

「話？」

「依頼だよ。少々困ったことになっていてね」

怪しまれては……いないようだ。

ちらりとカエデに目配せする。彼女は『ご主人様のご判断に任せます』と頷く(うなず)。

フラウも同様だった。

「とりあえず聞くだけなら」

「それじゃあ、ボクに付いてきてくれるかな」

馬を引く青年は、遠くに見える屋敷へと案内した。

魔族の屋敷はヒューマンと大して変わらないようだった。

出されたお茶も風味は変わっているが、美味しいと感じられるものだった。

向かいのソファに座る依頼主は、じっと俺を見てニコニコしていた。人の良さそうな雰囲気はあるが油断はできない。相手は魔族。気を引き締めろ。

「君達は水源についてもう耳にしたかな」

「いや、詳しく聞かせてくれ」

「この街は山から下りてくる川を生活用水として使用しているのだけれど、ここ最近その川の水源が魔物によって塞がれてしまったんだ。おかげで川は干上がり始め、危機的状況になりつつある」

水源を塞ぐ魔物、だとするとかなりデカくて重量があるんだろうな。

水は生きるのに必要不可欠な物だ。村で育った俺には身にしみてよく分かる。

「それでその魔物とは？」

「スライム。それもキングサイズの」

「うげっ」

思わず声が漏れ出てしまった。

キングサイズのスライムは、冒険者が手を出してはいけないリストに記載されている存在だ。

通常スライムは雑魚だが、ある一定の大きさを超えると途端に厄介になる。その最たるサイズがキングなのだ。

物理攻撃は当然のごとく効かず、魔法攻撃も圧倒的質量に効果なし、おまけに食欲旺盛で近づく生物を手当たり次第に捕まえては、強力な消化液で溶かしてしまう。

彼が頭を抱えるのにも納得がゆく。

「三百万支払う用意がある。引き受けてくれるかい」

「うーん、まぁいいか。受けるよ」

少し不安はあったが、カエデの魔法なら倒せると踏んだのだ。

何より、三百万が欲しい。

暗黒領域はかなり広いと聞く。旅の資金はできるだけ多く手に入れておくべきだ。

「自己紹介が遅れた。ボクはこの地を治めているピオーネ侯爵だ」

「俺はトール。こっちがカエデで、あっちがフラウ」

「トールだね、よろしく頼むよ」

互いに握手を交わす。

◇

山に入り目的の場所を目指す。

「待って、三人とも速いよ……」

後方から遅れてピオーネが傾斜を上ってきていた。

魔族の貴族と言うから、相当に腕が立つ人物と思っていたのだが、意外にも体力がない。単に山に慣れていないだけなのかとも思ったが、様子を見る限り基礎的な体力が低いようだった。

「ピオーネのレベルはいくつなんだ」

「7だよ」

え、ひくっ。

魔族ってもっと高いものだと思っていた。

「ははは、低過ぎて驚くよね。実際名ばかりの領主なんだ。亡くなった父が優秀だったこともあって、なんとか今も街の皆に従ってもらってるけど……あ、これ内緒だからね」

「そんなこと俺達に言っていいのか」

「こう見えて人を見る目だけはいいんだ。トール達はきっと良い人だよ」

ピオーネは品の良さそうな微笑みを浮かべる。

魔族の箱入り息子。そんな印象を抱いた。

「乗れ」

「へ」

「そんなんじゃ、いつまでも経っても着かない」

しゃがんで背中に乗れと言ってやる。彼は少しためらってからおずおずと体を預けた。

「ごしゅじんさまー！」

「早く来なさいよ。置いてくわよ」

「今行く」

「ひゃぁ!?」

先で待つカエデ達を追いかけた。一気に加速したので、背中のピオーネが女の子みたいな声を出している。心なしか背中に当たる胸がやけに大きく柔らかい気がした。

なんだ、ちゃんと胸筋は鍛えてるじゃないか。

けど、もう少し足とか絞り込まないとダメだぞ。肉付きがちょっとよすぎる。

「ひぃいいいあああああっ！」

俺達は岩から岩へ飛び移りながら、中腹の辺りを目指す。

「ご主人様、代わりましょうか？」

「いいよ。このまま一気に行って手早く終わらせたい」

「…………」

「なんだ？」

カエデが俺に抱きつくピオーネを見て何か言いたげだ。

「あの、あとで私も背負っていただいても良いでしょうか」

「それは構わないが……」

「あ、やっぱり、お姫様だっこで！」

「ちょっとカエデ、ずるいじゃない。主様（あるじさま）、フラウも」

おいおい、どっちでもいいから警戒を怠るなよ。

ここにも魔物はいるんだ。


茂みから覗いた先には、濃い緑色のスライムがいた。

ただし、サイズは十メートルを超える。あれこそが通称キングスライムだ。

今もどっかり水源に居座っているらしく、水の流れた跡は見受けられるが、肝心の水はどこにもない。

「勝てそう？」

「カエデ、凍らせてみてくれ」

「はい」

カエデが氷魔法を放つ。地面が白く凍り付き、冷気がスライムを包み込んだ。

一瞬、凍ったかと思ったが、中心まで完全に凍らせることはできなかったらしく、すぐに表面の薄氷を割って動き出す。

デカいだけじゃなくレベルも相応に高そうだ。

しかし、どうしたものか。俺の剣で真っ二つにしてもいいが、それだと真下の水源に衝撃を与えそうだ。水源を壊してしまっては意味がない。いっそのことテイムするか？

「ふふん、こんな時こそフラウの出番ね」

「あそこから動かせるのか」

「妖精の粉よ。粉を振りかけてやれば、浮かんで嫌でも動くでしょ」

なるほど、それは考えなかった。あれは振りかけられると強制的に浮かび上がるのだ。

空に上がった所を一気に叩けばいい。

「じゃあ粉を振りかけてきてくれ」

「しまった、一番面倒なのを提案してしまった」

「心配するな。俺があいつの注意を引く」

カエデとピオーネには待機を指示し、俺はスライムの前へと飛び出す。

「かかってこいスライム！」

反応したキングスライムが触手を伸ばす。それら全てを斬りつつ離れ過ぎない位置を保ち続ける。

フラウは真上に移動し、妖精の粉を振りかけた。ふわりと浮き上がるキングスライム。

ぶぴゅ。じゅぅう。

だが、宙に浮いたスライムが消化液を吐き出し始めた。

よりにもよって、一番厄介な攻撃を浮いている時にするなんて最悪だ。

「うわぁぁあああっ！」

「ピオーネ!?」

消化液が彼の潜んでいた茂みに直撃したらしく、慌ててピオーネが飛び出してくる。

液によって服が溶かされ裸の状態だった。

「トール！」

「だ、だいじょうぶか、ピオーネ……ちゃん？」

俺に抱きついたピオーネは女の子だった。

どびゅ。再び消化液が吐き出される。このままだと俺と彼女に直撃する。

「きゃ!?」

ピオーネを抱え離れた茂みに入る。

すぐにカエデが合流し、彼女に布をかぶせた。

「やっぱり女の人だったのですね」

「騙（だま）してごめんね」

「話はあとだ」

茂みを出た俺は降り注ぐ消化液を避けつつ、大剣を抜いて軽く跳躍。

ずばんっ。下から切り上げて真っ二つにした。

「――えっと、悪気があったわけじゃないんだ」

じょぼじょぼ、水源から水が流れ出る。

その近くで俺達はピオーネに説明を求めていた。

「我が家では男の子ができなくて、父は仕方なくボクを男として育てたんだ。ボクも家を衰退させたくないし、頑張って男のフリを続けてきたんだけど……」

「そういうことか」

「え!? 納得したの!?」

「するしかないだろ」

ピオーネがそう言うのならそうなのだ。別に彼が彼女だったことで被る被害もない。

でも、かなり驚いたのは確かだが。

ショックだったのは、カエデもフラウも気が付いていた点である。二人によればどう見ても女の子にしか見えないらしい。多分街の魔族も察して黙っているのでは、と言っていた。

それに気が付かなかった俺って……。

がばっ、とピオーネが俺の足にしがみついた。

「お願い! このことは誰にも言わないで! なんでもするから!」

「なんでも?」

ごくり、と唾を飲み込む。

なんと男心をくすぐる言葉だろうか。

どのような要求をしてやろうかと、ドキドキしてしまう。

「私も、ご主人様が命じてくだされば、なんでもいたしますよ?」

カエデが恥ずかしそうに俺の服の裾を、そっと引っ張る。

自分で言って恥ずかしかったのか、顔を赤く染めてもじもじしていた。

「フラウだってなんでもするわよ。なんてったって主様の忠実な奴隷だもん。でも、できれば何かする度に頭を撫でて、褒めてくれるといいなぁ」

「きゅう」

パン太に乗ったフラウは、恥ずかしがる様子もなくそう言い切る。

フラウの場合はさっきのことを褒めろと言いたいのだろう。頭を撫でてやると「こんなのすごく嬉しいんだから！　好き！」と手に頭をぐりぐり押しつけてくる。

「じゃあせっかくだし、そのなんでもを叶えてもらおうか」

「ひぇぇ」

顔を赤くしたピオーネが涙目で俺を見上げる。

◇

口いっぱいに肉を頬張る。

それからちぎったパンをスープに付けてぱくり。

流し込む様に冷たい水で喉を鳴らした。

「食事付きで泊めてくれなんて、覚悟を決めたボクが馬鹿だったよ……」

「ん？　何をされるつもりだったんだ？」

「うわぁぁぁ！　恥ずかしいからやめてよぉ！」

ピオーネが顔を真っ赤にする。

だがしかし、なんでもと言うのは確かにドキリとした。彼女がどこまで受け入れるつもりで言ったのかは定かではないが、たいていこういうのは相手もほどほどに抑えるだろう、なんて想定して言うものだ。本当になんでもしてくれるわけじゃない。

第一、俺にとってピオーネの正体をばらすメリットがない。

それでも食事付きの宿泊をお願いしたのは、彼女を安心させる為である。まぁ、飯代と宿代が浮くなんて打算も含まれているが。

「すまないな報酬ももらって飯に宿泊まで」

「いいよ黙っててくれるなら。それに三百万は安いと思ってたんだ」

「あー、そうだな」

こちらでの相場が分からないのでなんとも返事をし難い。

向こうでは千に届くくらいの高額依頼だったような気もするが、それも噂で聞いた程度だ。事実かは不明。

「もし良かったら何泊でもしていってよ」

ピオーネは両手で頬杖を突いてニコニコする。

「気持ちは嬉しいが明日には発つつもりだ」

「そう……」

途端に彼女は落ち込む。あからさまに雰囲気が暗くなるので、悪いことをしているような気になった。俺達もできればのんびりしたいが、そうも言っていられない事情を抱えている。

「はぁ、友達になれると思ったのに――あれ？」

溜め息を吐きつつ、ステータスを開いたピオーネが目を見開く。

「レベルが43になってる!?　どうして！？？」

しまった、経験値が彼女にも流れたんだ。

どうやって誤魔化そうか。

「きっと森の神がプレゼントしてくれたんだろ」

「違うよ！　どう考えても原因はトール達だよね!?」

うっ、やっぱり騙されてくれないか。むしろアリューシャやルーナが単純過ぎたんだ。

「ボクが、レベル43……はぁぁ」

彼女はうっとりとした顔でステータスを眺め続ける。

ちょっと気味が悪いな。

◇

「世話になったな」

「こちらこそ」

翌日、屋敷の前で別れの挨拶をする。ピオーネは男装で柔らかい笑みを浮かべていた。

恐らく彼女とはもう会うことはないだろう。

彼女と俺は魔族とヒューマン、一応ではあるが敵同士だ。

「どうかお元気で」

「ありがとうカエデさん」

「あんた、立派な領主になりなさいよ。応援してるから」

「うん、フラウちゃんもありがとう」

三人は別れを交わす。さて、そろそろ出発するか。

「ちょ、ちょっと待ってて！」

「なんだ」

引き留められて足を止める。

ピオーネは屋敷に戻り、数分後に荷物と剣を携えて出てきた。

それから裏に走って二頭の馬を連れてくる。

「さ、いこっか」

「おい」

どうして同行する流れになる。別れの挨拶はなんだったんだよ。

「心配しないで。仕事は代わりの者に任せてるし、そんなに長く屋敷を空けるつもりもないから。

あとほら、都までの道案内も必要だよね」

「狙いはなんだ」

「ナンノコトカナー」

あからさまに視線を逸らすな。ちゃんとこっちを見ろ。

「さてはあんた、フラウ達と一緒に行動すれば、もっとレベルアップできるとか考えてるでしょ」

「そ、そそ、そんなことないから」

「昨夜はどこへ向かっているなど、ご主人様とどのような関係など、色々としつこく聞かれていましたね」

「やめてぇぇぇ！　白状するからそれ以上は！」

耳を塞いで首を横に振る。

がくりとうなだれたピオーネは説明を始める。

「ボクは父のような立派な領主になりたいんだ。でもそれには力が必要だ。君達も魔族なら分かるだろ、力のない者はいずれ見放される。だから、この機会は最後のチャンスだと思うんだ」

「だが、レベルが上がっても技術は向上しないぞ」

「分かってるさ。だから剣の稽古だけはずっとしてきたんだ。あとは実践とレベルアップのみ。お願いだよトール」

俺の右手を両手で包み、潤んだ目で見上げる。

だめだ、俺ってこんな目に弱いんだよ。

頼むから捨てられた子犬のような目で見ないでくれ。

「ご主人様がお連れしたいと言うのなら喜んで賛成いたします」

「いいんじゃない。ずっとってわけじゃないし」

二人共ピオーネの同行に反対はない。

これから行く都は馬なら一日で着く距離らしい。時間を掛けても二日程度。数日程度なら、偽装を見抜かれる可能性も低い。

それに地図のスクロールも無駄遣いはしたくない。

案内役を引き受けてくれるのは好都合だ。

「都までだからな」

「うん！　ありがとう、トール！」

ピオーネと俺でそれぞれ馬に乗る。

それからカエデに後ろに乗る様に声をかけた。

「ご主人様の後ろに……ごくり」

「いいなぁ、フラウも大きくなろうかなぁ」

「い、いけませんフラウさん。三人だと、馬さんに負担がかかってしまいます」

「カエデがピオーネの方に乗って、フラウが主様の後ろに乗れば……」

「ご主人様、早く行きましょう！」

後ろに飛び乗ったカエデは、俺の腰にぎゅっと腕を回す。

「ふふっ、ご主人様の背中って大きいんですね」

カエデの声が嬉しそうだった。

茂みに隠れて先を覗く。そこにはゴブリンの集団がいた。

ゴブリン、ゴブリンウォーリア、ゴブリンライダー、ゴブリンシャーマンなどなど。上位である
ホブゴブリンまで見かける。

「い、いくよ」

「ああ」

「いくからね」

「ああ」

「よーし、いくぞ」

「そろそろ頼む」

気合いを入れるが、一向に前に出る気配がない。レベルアップをしたいと言い出したのはお前だ
ろう。もうかれこれ三十分近くこの調子なんだが。

レベル7で生きてきた理由がよーく分かった。

めちゃくちゃびびりなんだ。こいつ。

「ピオーネさん、大丈夫です。向こうはレベル10ですから、絶対に勝てます」

「うん。ありがとうカエデさん」

「安心してないでそろそろ行きなさいよ。日が暮れちゃうじゃない」

「うわっ!?」

フラウに背中を押され、茂みからピオーネは飛び出す。

手荒くするなとフラウに目で伝えるが、パン太に乗ったフラウは『優しくしすぎるのは良くないわ』と目で返事をした。

そう言いたくなるのは分からなくもない。

あの調子では時間がいくらあっても足りないだろうからな。

多少の荒療治も覚悟するべきか。

「あわ、わわわ」

「ギャウ？　ギャウギャウ！」

ゴブリン共が彼女に気が付いて騒ぎ始める。対するピオーネは剣を持ったまま棒立ち状態。

もう敵は動き出してるのだが。

「動け！　殺されるぞ！」

「そ、そうか！　戦わないと！」

うぉおおお、と走り出した彼女は懸命に剣を振る。

だが、緊張で動きがぎこちなく、簡単に敵に避けられてしまう。

それどころか足を引っかけられ地面に転んだ。

「あわ、わわわわ……」

「ギャウ！」

「ひぁぁあああああっ!!」

ゴブリン達に囲まれ服をちぎられる。

彼女は下着姿でなんとかこちらへと逃げてきた。俺にしがみついた彼女は涙目だ。

「トール！　ボクには無理だよ！」

「とりあえず服を着ようか」

こちらへと向かってきたゴブリン共を、カエデが魔法で片付ける。

布を羽織ったピオーネは、その様子を悔しそうに見ていた。


「はぁぁ、ボクってほんとだめな奴だ」

「落ち込むなよ。ほら」

スープの入った器をピオーネに渡す。

争い事に向かない奴はどこにだっている。魔族だって色々だ。不幸なのは、争いを好まない彼女が力を示さないといけない地位にいることだろう。

「剣はやめて魔法とかにしたらいいいんじゃない？」

「ボク、魔法使えないんだ」

「弓とかどうなの」

「的に一度も当たったことがなくてさ」

「主様、この話はなかったことにするべきよ」

がーん、ピオーネはショックを受ける。

だが、確かにフラウの言う通りこのままじゃ先へ進めない。

彼女に割ける時間はそう多くはないのだ。根本から見直すべきか。

「剣の稽古をしていたと言ったな。槍はどうだ」

「うん、それなりに指導は受けてるよ」

「数本あったか……」

マジックストレージを開いて槍を取り出す。

狂戦士の谷で拾ったものだ。作られたのはごく最近のようなのでまだまだ使えるはず。ただ、若干腐臭がするがそこは大目に見てもらおう。

「……なんだかこの槍、臭くない？」

「気のせいだろ」

「臭いと思うけどなぁ」

怪訝な表情をするピオーネから目を逸らす。

とにかく、これでレベルアップと戦闘経験を積むことができる。槍なら距離もあり、突くだけで魔物に勝てるだろう。これでだめなら諦めてもらうしかない。

「ごめんね。迷惑ばかりかけて」

「いいんですよ。ピオーネさんが一生懸命なのは伝わりますから」

「カエデさん、ううう」

ピオーネは目をうるうるさせてカエデに抱きついた。カエデは優しく彼女の頭を撫でる。

こう見ると血の繋がらない姉妹みたいだな。

「きゅう！」

「パン太も慰めてくれるの？」

パン太はピオーネの顔に体を擦り付ける。

上に乗ったフラウも頭を撫でていた。


次こそは上手くいくといいが……。

◇

槍がゴブリンの心臓を突く。

ホブゴブリンの振るった斧を素早く躱し、石突きを鳩尾にえぐる様にめり込ませた。

「はぁっ！」

数分でゴブリンは全滅。

槍を構えたピオーネは、荒々しく肩で呼吸をしていた。

結果を言えば成功した。

一度目の戦闘では、槍でなんとか敵を突き殺した。

二度目の戦闘で体の固さがとれ、スムーズに戦いを行える様になる。

三度目が先ほどの戦い。普通に戦闘を行えていた。

「ふへぇぇええ」

ぐにゃり、足から力が抜けたピオーネは座り込む。

俺達は駆け寄って成功を祝った。

「やればできるじゃないか」

「うん、ボクには槍が向いていたみたいだね」

「レベルも上がったんじゃないのか」

「えーと、84になってる」

ピオーネは微笑んで頷く。どうやらようやく満足できたらしい。

84でも充分高い数字だ。領主として力を示すには問題ないと思われる。

どちらにしろ後は自分で頑張ってもらわないとな。

「うわぁ、汗でベトベトだ」

「向こうに川がありましたので水浴びでもどうでしょうか」

「うん、そうするよ」

カエデ達は川へと向かう。

「うわぁぁあああああっ!!」

「えぇっ!?」

突然、全裸のピオーネが戻ってくる。

今度はなんだ。何が起きたんだ。彼女は俺にしがみついて川の方を指さした。

「カ、カエデさんが、ビーストに!」

「まさか指輪を……」

俺は額を押さえて唸る。

やってしまったか。数日くらいなら誤魔化せると思ったんだが。

ピオーネに油断し過ぎた。

「ごしゅじんさまー!」

「たいへんよー!」

カエデとフラウが戻ってくる。声を聞いてピオーネは俺の背後に隠れた。

カエデはビースト族の姿で、体にはタオルを巻いている。

「ボクを騙したんだね!」

「そんなつもりは」

「カエデさんはすごく綺麗で優しくて、一緒にいて安らぐなぁとか思ってたのに! 騙すなんてひどいじゃないか！　お姉さんができたみたいで嬉しかったのに！」

「えっと、あの、ごめんなさい」

狐耳（きつねみみ）がぺたんと垂れて、尻尾がしゅんとなる。

「どうして指輪を？」

「ピオーネさんに、見せて欲しいと抜き取られてしまって」

カエデも油断してたわけか。

こうなった以上、誤魔化すのは難しい。きちんと正体を明かして帰ってもらおう。

俺はピオーネの目の前で偽装の指輪を外した。

「ひぇ!?　トールの角が消えた!?」

「見ての通り、俺はヒューマンだ。騙して悪かったな」

「ひぃいいいいっ!!」

「……怯（おび）える前に、体を隠してくれないか」

目を逸らしつつ指で頬を掻く。

色々丸見えで困っているのだが。


とりあえずピオーネには冷静になってもらい、大雑把だが説明を行った。

魔王と戦う為に来ていること。

魔族とは必要以上に戦うつもりはないこと。

偽装をしていたのは無用な争いを避ける目的であること。

全てを理解してくれとは思わない。

だが、こんなことで彼女との縁が切れるのも辛かった。

「——事情は分かったよ。つまりトール達は魔王と裏切り者の勇者を倒せれば、魔族とは争うつもりはないんだね」

彼女の言葉に黙って頷く。

「正直に言うとね、ボクらの国は今の魔王に協力的じゃないんだ。むしろどちらかと言えば敵対してるくらいだし」

「それなら」

俺の発言は出された手で止められた。

「でもヒューマンとはやっぱり相容れないよ。長い争いの歴史があるからね。たとえトール達が良い人でも、ボクは魔族の貴族なんだ」

「そう思ってくれるだけでいいさ。ありがとうピオーネ」

「あのさ！　指輪を付けてると魔族なんだよね！　ヒューマンじゃなければ一緒にいてもいいってことだよね!?」

「おい」

さっきのきりっとした顔はどうした。

やっぱり貴族なんだな、とか内心で感心していた気持ちを返してくれ。

まぁ、でも……ありがとう。ほっとしたよ。

「むしろちょうど良かったかも。ボクの国の王様が、魔王を討てそうな人を探してたんだぁ。トールにお任せすれば安心だね」

「ん？　魔族が魔王を？」

「都には魔王城の地下へ飛ぶ、転移魔法陣があるんだ。ボクから使える様にお願いしてあげるよ」

ピオーネさん、喉が渇いたでしょう。

お茶でもどうですか。ささ、どうぞどうぞ。

燃えさかるバルセイユの王都。

眼下では魔族のワイバーン部隊が、逃げ惑う民を食い散らかしている。

飛んでくる魔法は彼らのささやかな抵抗だ。魔剣で火球を弾(はじ)き返してやれば、守りの要である塔が爆発し魔法使い共が落下する。

面白いほどに蹂躙(じゅうりん)できる。これが僕の手に入れた力。最初からこうすれば良かったのだ。この世界は力ある者が支配するべきだ。無力なジジイが、偉そうに僕に命令するなど間違っている。

バーズウェルで飛翔(ひしょう)する僕の元へ、部下の一人が飛んで来た。

「セイン様、王の間を除く全てを制圧いたしました」

「よくやった。では、久々のご対面と行こうか」

もうもうと煙が上る宮殿へ、僕とバーズウェルは突っ込む。

王の間では騎士に守られる国王がいた。

僕は余裕たっぷりの笑みでワイバーンから下りる。

「しばらくぶりだね陛下」

「セイン!? よくおめおめと顔を出せたな！ 其方のおかげで、余は厳しい立場に立たされたのだぞ！ 今すぐ地べたに這いつくばって謝罪をしろ！」

国王は騎士を押し退け僕に怒鳴りながら近づく。

はぁ？ 謝罪？

てかさ、地べたに這いつくばるのはお前だろ。

「へぎっ!?」

頭を摑んで床に叩きつける。

ははっ、あぶないあぶない。力加減を間違えて殺す所だった。

「陛下！ なんてことを！」

「邪魔だ」

瞬時に騎士を斬り捨てる。国王は悲鳴をあげて後ろ向きで這って逃げた。

部屋には無数の死体が転がっていた。宰相を始めとする高官達だ。こいつらにもずいぶん舐めた態度をとられたものだ。僕は宰相の死体を踏みつけ王へ見せつけてやる。

「貴様！」

「くひっ、くひひひ！　いいよその顔。僕は今の貴方（あなた）の方が好きだなぁ。死を前にして戦（おのの）く貴方の姿は最高にいい気分にしてくれる。ねぇ、どんな気持ち？　裏切られて殺されかかっている今の心境を聞かせてよ」

「ぐぬううう、痴（し）れ者（もの）が！　ここで斬り捨ててくれる！」

立ち上がった国王は豪華に装飾された剣を抜き、なんともとろい動きで振るう。

僕は刹那に抜剣、王の握る剣の根元を斬り飛ばした。

「あ、ああ……そんな」

「僕と貴方ではレベルが違う。天と地ほどの差があるのを理解した方がいい」

僕に蹴り飛ばされた王は、床を転がり、這いながら玉座の方へ逃げる。

一歩ずつ近づくと、彼は震えながら笑顔を作った。

「今ならまだ許してやれる。称号を与え数々の援助を施してやったのを忘れたわけではあるまい。恩を返せ、其方は余に従うのだ」

「……恩？　そんなものあったかなぁ。記憶にないな」

「貴様、ぬけぬけと！」

王の言葉を聞きつつ、僕の目は彼より向こうを見ていた。

玉座の裏で身を潜める人物。奴隷のハイエルフだ。僕は魔族の兵に顎で指示を出し、彼女を目の前に連れてこさせた。

やはり美しい。ハイエルフとは生きた宝石だな。

こいつを目の前で汚せば、さぞ愉快なことになるだろう。

「今からいいものを見せてあげるよ」

「やめろ！　それは余の！」

ハイエルフを抱き寄せキスをする。国王は絶望した表情を浮かべた。

いいね、他人の物を手に入れるこの瞬間。ゾクゾクしてたまらない。でも、このくらいで音をあげないでもらいたいな。もっと楽しい光景を見せてやるからさ。

僕は玉座に腰を下ろしハイエルフと交わる。

「あああああ、なんてことを、余の物が――」

かかる吐息と上下に揺れる乳房はなかなかに良い。それでいて絶望に染まった瞳で僕を見る国王は最高に愉快だ。せっかくだ。こいつは戦利品としていただくとしよう。

「やれ」

魔族の兵が国王の首を斬り落とした。

俺達が現在いる国はアスモデウと言う。
暗黒領域に複数ある国家の一つだ。

歴史は古く、あの魔王クオルの生まれ育った国としてよく知られている……らしい。

魔王と言っても決して全ての魔族が無条件で従うわけではない。魔王とは種族の王であり象徴。誕生に際し個人や団体の思想は関与しない。故に魔族では各国の王とは別に、魔王の地位が存在している。

さらに魔王のジョブには、魔族の力を底上げし、経験値を増やす能力があるそうだ。

魔族にとって魔王は大きな恩恵を与えてくれる存在。よほど気に入らない相手でない限り、従うのが有益だと考えられている。

「――魔族側には潜在的にヒューマン側への恐れがあるんだ。反対にヒューマン側にも魔王への危機感がずっとあって、魔王を始末しないと攻め滅ぼされるって思い込みがある。結局の所、争いが続く原因は相互理解の欠如なんだとボクは考えてる」

ピオーネの話を聞いて納得する。

当たり前の様に魔王と勇者の伝説を聞いてきたが、考えてみれば俺はどうして戦っているのかを知らなかった。きっとこんなことにならなければ一生知らなかったに違いない。

マッサージを行うフラウが、背中をぴょんぴょん跳ねる。

そうそう、そこをもっと踏んでくれ。

「ただ、魔王城のあるエンキドは極端なヒューマン排斥主義者と実力至上主義者が集まる国でさ。魔族領域でもかなり特殊な場所なんだよ」

ほうほう、つまりリサに従ってる魔族はほんの一部だということか。

「ここ、すごくこってるわ」

「おお、いた気持ちいい」

「なかなかほぐれないわね。ふんふんふんっ」

「ぐほぉおおおおおおお!?」

フラウが腰の辺りをどすどす殴る。痛みに俺は大きくのけぞった。

「パン太、すっかりピオーネさんに懐きましたね」

「きゅう～」

「可愛いよね。この足の辺りを撫でるとすごく喜ぶんだ」

「「足??」」

俺もフラウも、焚き火で夕食を作っているカエデも目を点にする。

あれ、パン太って足なんかあったか？　全く記憶にないんだが。

「どこが足なんですか」

「ここ、突起みたいなのがあるでしょ」

「本当です。小さな足があります」

「マジかよ」

「うそでしょ」

起き上がって触ってみる。指先に小さな動く突起があった。しかも四つ。

毛に埋もれていて気が付かなかったが、パン太には足があったのだ。足の根元を触るとパン太の目がとろーんとする。

やっぱ、脊獣（けんじゅう）って不思議な生き物だよな。

何ができて何ができないのか未（いま）だに多くが謎だ。

「しゃあ」

「きゅう！」

見回りをしていたロー助が戻ってくる。

反応したパン太は、カエデの後ろに隠れて『先輩を敬え』的な態度を露（あら）わにした。ロー助はそれに慣れたようで、パン太を無視して俺に体を擦り付ける。

「きゅう！　きゅきゅ！」

そのせいでパン太の機嫌はさらに悪くなった。

◇

馬で道をひたすらに進む。並走するのはピオーネを乗せた馬だ。

「もうすぐ都だよ！」

「本当にこの先にあるのか？」

森に入ってかなりの時間が過ぎている。

道は進めば進むほどに森の奥へと続き、次第にゴツゴツとした大きな岩を見かける様になった。

遠くには切り立った山が見え、複数のワイバーンが飛んでいる。

どどどど。

遠くから大量の水が流れ落ちる音が聞こえた。

どうやら先に滝があるようだ。

「止まって！」

ピオーネが馬の足を止めるので、俺も同様に足を止めさせる。

前方には谷があった。下をのぞき込むとかなり深いことが分かる。底には流れの激しい川があり、上流には大きな滝が確認できた。

「到着だよ。ここがアスモデウの中心地だ」

「ここが？　街なんかないぞ？」

「すぐに分かるよ」

ピオーネが案内した場所には、下へと続く階段があった。俺達は馬から下り、足を踏み外さない様に慎重に階段を行く。

「はぁぁ、もう一ヶ月くらい、ご主人様と馬に乗っていたい人生でした」

「落ち込むな。今度馬の乗り方を教えてやるからさ」

「ごしゅじんさま～！」

手綱を引くカエデが目を輝かせる。

楽しみにしてもらえるなら俺も嬉しい。実は移動中に、カエデと二頭の馬で走れたらと思っていたんだ。

「それ、フラウにも教えてくれるんでしょうね」

「きゅう」

パン太に乗ったフラウが、眉間に皺を寄せている。

おっと、片方の奴隷ばかり可愛がっては不公平だよな。フラウも俺の可愛い奴隷なんだ。

「もちろん教えるが、空を飛ぶフェアリーに馬なんて不要な気もするが」

「いざという時、乗れたら便利じゃない。主様とカエデを、一人で運ぶことだってあるかもしれないでしょ」

「なるほど」

そこまでの想定はしてなかったな。

俺とカエデが倒れてフラウ一人になった時、馬を操れたら確かに便利ではある。しかし、その場合はパン太に乗せて貰う方がいいのでは？

いや、騎乗の技術はあって困ることはない。

せっかくフラウがやる気なのだから、同様にきちんと教えるとしよう。

「ボクも教わりたいなぁ」

「ピオーネは俺より上手く乗れてるじゃないか」

「えーっと、多分そろそろ乗れなくなると思うんだ」

「……言っている意味が分からん」

「実は魔族は、二十歳を過ぎると馬に乗れなくなるんだ」

な、んだと。そうだったのか。知らなかった。

「絶対嘘(うそ)でしょ」

「嘘ですね」

「いいじゃないか！　ボクだってトールに教わりたいんだ！」

フラウとカエデのジト目に、ピオーネは泣きそうな顔だ。

そうか、今のは冗談だったのか。危うく信じる所だった。魔族のことをよく知らないから、本気で乗れなくなるのかと思ったじゃないか。

「それにしてもここは景色が良いな」

「でしょ？　ボクもここから見る眺めは大好きなんだ」

ここから見る大きな滝は実に雄大である。

晴れているおかげで虹が架かり、長い階段も苦にならなかった。階段を下りきれば、その先には横に走る長い通路が待っている。谷の壁面をくりぬいて作られた道は、支えとして太い柱が並び、その間からは川を挟んだ向こう側の様子を窺(うかが)うことができた。

「壁の中に街があるのか」

「ははっ、すごいでしょ。遺跡を利用して作られてるんだ」

ピオーネの話によると、この街はそれ自体が未解明部を残す遺跡だそうだ。今もなお探索は続けられており、多くの冒険者がこの街に訪れるのだとか。

「おおおっ」

通路を抜けた先には、店の並ぶ通りが存在していた。大勢の魔族が行き交い、一部の者達は柵のある川側に向いて、ジョッキで酒らしきものを飲んでいる。初めて見る光景に興奮してしまう。これこそが旅の醍醐味。想像を超える景色との出会いは、いつだって心をときめかせてくれる。

「とりあえず宿をとろうか。お勧めがあるから付いてきて」

「何から何まで世話になるな」

「いいよ、今は漫遊旅団のメンバーみたいなものだし」

ピオーネはにこりと微笑む。


俺は宿の看板に冷や汗を流す。

『女性優遇宿バニースイート』。

ピオーネお勧めの高級宿だそうだ。サービスが充実しており、この街へ来ると必ず利用するのだとか。女性優遇と謳っているが、どう考えてもほぼほぼ女性専用ではないだろうか。そんな中に男の俺が飛び込むのは明らかに場違い。馬鹿な俺でもそれくらいは理解できる。

「ここは女性の多い店だけど、ちゃんと男性も泊まれるから。大丈夫」

「だが、さすがにここは……」

「まぁまぁ、泊まってみればここの良さが分かるよ」

「お、おい」

ぐいぐい背中を押されて宿の中へ。受付にいる女性従業員の前で足を止める。ビースト族兎部族の可愛らしい女性だった。

「ようこそバニースイートへ。現在の利用者数は女性三十、男性0です」

「やっぱやめ――」

「四名チェックインで」

「かしこまりました」

ピオーネの押しの強さに負けてしまった。


石材で覆われたシンプルな個室。

窓を開けるとすぐ真下には激流の川があり、対岸には無数の店と人が窺える。

ピオーネが言っていたが、ここの夜景は実に素晴らしいそうだ。

ただ、ワクワクしつつ緊張もしていた。

「男は俺だけ……」

ベッドに腰掛けて先ほどの光景を思い出す。受付を済ませ部屋に来る途中、裸にタオルを巻いただけの女性とすれ違った。向こうは気にした様子もなく平然と真横を通り過ぎていったが、その時の俺はさぞ挙動不審だっただろう。ここは危険でいっぱいだ。心が安まらない。

「よし、宿にいる間はできる限り一人で出歩かない様にしよう。そうすればトラブルもなく穏便に過ごせるはずだ」

コンコン。ドアがノックされたので返事をする。

ぴょこ、と顔を出したのはカエデだった。

「紹介したい方がいると、ピオーネさんがおっしゃっていますが……いかがいたしますか」

「会わせてもらうよ」

「では準備ができ次第訪問いたします」

そう言ってから、カエデはなかなかドアを閉めない。隅々まで部屋を観察しているようだった。

「どうした?」

「いえ、ずいぶん女性部屋と違うなと」

「一緒じゃないのか」

「はい。お花が飾られた華やかなお部屋です」

女性優遇、と謳っているだけのことはあるな。些細な点でも差を付けているようだ。だが、俺としてはこれくらいシンプルな部屋がいい。無駄にゴテゴテ飾られたのはあまり好みではない。

「このお部屋はご主人様にふさわしくありません。受付に別の部屋がないか聞いて参りますね」

「待て、このままでいいから。この部屋で充分満足してる」

「ご主人様がそう言うのなら……」

カエデは少し不満そうだったが、納得したらしい。宿なんて気持ちよく寝られればそれで充分だ。

それにこの宿には風呂があるそうなので、俺としては言うことがないくらいすでに贅沢な気分だ。

湯上がりに飲む酒は美味いだろうな。実に楽しみだ。

◇

ピオーネの案内で、とあるエリアへと足を踏み入れた。

そこは個人の所有する谷。谷自体が大きな屋敷であり、このエリアにある全ての建造物がその人物の所有物である。本居は谷の下方の奥まった場所にある為、俺達は谷の間に架かった橋を経由してずいぶん歩かされることとなった。

狭い階段を下り、ようやく装飾の施された大きな門の前へと到着する。

「止まれ。何者だ」

「用がなくばすぐに戻れ」

門の前には、衛兵らしき二人の男性が立っていた。

ピオーネが前に出て顔を見せた。

「これはピオーネ様ではありませんか」

「うん。彼らはボクの連れだよ。ところでムゲン様はいらっしゃるかな」

「しばしお待ちを」

衛兵の一人が奥へと入る。

数分ほどして扉が開けられた。

「奥でムゲン様がお待ちです。どうぞお進みください」

「ありがとう」

扉を抜けた先に待っていたのは煌(きら)びやかな内装と装飾品の数々。壁には絵が掛けられ、女性や男性を模した石像が至る所に置いてあった。

一番奥の扉の前には、衛兵が立っていて俺達を見るなり扉を開けてくれる。

「よく来たなピオーネ」

「数ヶ月ぶりでしょうか」

「うむ、もうそのくらいになるか」

謁見の間にてピオーネと俺達は、椅子に座る人物に一礼する。

白髪交じりの体格のいい男性。格好は平民よりも小綺麗(こぎれい)な程度のものだが、黙っていてもにじみ出る威厳と強者(つわもの)の風格は明らかに平民のそれとは違う。

彼が貴族であることは、ピオーネの態度を除いても一目瞭然だった。

「この方はムゲン公爵だよ。かつて二人の勇者と戦って退けた我が国の英雄なんだ」

「よせよせ恥ずかしいではないか。だが、どうしてもその時の話が聞きたいと言うなら、しぶしぶ話してやらんでもないぞ」

ムゲンは髭(ひげ)をイジりながらも、自慢話をしたくてうずうずしているようだった。

二人の勇者を退けたってことは、少なくとも二百歳以上ってことだよな。かつての勇者と死闘を繰り広げた人物と会えるなんて、歴史的ロマンにドキドキしてしまう。

「む、この感じ……看破！」

しまった！　このじいさん、看破持ちか！

ムゲンの力によって俺とカエデの偽装が剝がれる。露わとなった本当の姿を見て、彼は髭を撫でながらニヤリとした。

「ピオーネよ、まさかヒューマンだと知らず連れてきたのではあるまいな」

「もちろん存じた上で連れて来ました」

「ほう、ならば何故(なぜ)なのか聞かせてもらおう。つまらぬ話だったら孫と言えど、ただでは済まぬと思え」

「承知しております御祖父様(おじいさま)」

お、御祖父様!?　孫!?

そんな話聞いてないいんですけどピオーネさん！？？

「あ、ごめん、紹介が遅れたね。ムゲン様はボクの亡きお父様のお父上なんだ。おじいちゃん、この人達はボクの領地を助けてくれた冒険者で、トール、カエデさん、フラウさんだよ」

「ば、ばかもの、人前でおじいちゃんと言うな。威厳がなくなるだろう」

「でも、おじいちゃんの可愛い所をみんなにも教えたいのに」

「ぐぬぬ、ぐぬぬぬぬ、ピオーネや！　わしのピオーネ！」

威厳などどうでもよくなったのか、ムゲンはピオーネに抱きついて頰ずりする。孫を可愛がるただの好々爺(こうこうや)にしか見えない。しかし、相手は魔族の公爵、しかも並々ならぬ気配を感じる。それとなくカエデにレベルを聞く。

「あの方、レベルが320もあります。スキルも強力なものばかり、ですがそれ以上に戦闘技術がずば抜けている様に感じます。あとはジョブが魔剣士ですね」

「あのレアジョブの!?」

魔剣士――攻撃に魔法を付与する特殊なジョブだ。通常ならできない睡眠や麻痺(まひ)などの魔法を攻撃にのせることができ、一般的には最強クラスのジョブとして認知されている。

カッコイイ。魔剣士のジョブ、欲しいな。

《ジョブコピーしますか?》

お? おおお?

そう言えばそんなスキルあったな。

恐る恐るコピーしてみる。

《魔剣士をコピーしました》

ステータスを開いて確認する。ジョブの部分に魔剣士が追加されていた。

本当にコピーされている! マジかよ!?

しかし、コピーっていくらでもできるのだろうか。気になったので、フラウの鍛冶師をコピーしてみる。すると魔剣士が消えて鍛冶師がステータスに記載された。コピーできるのは一つだけのようだ。それでも充分に素晴らしいスキルである。

改めて魔剣士をコピーして俺はほくほく顔となる。

「おほん、恥ずかしい姿を見せてしまったな。それでここへきた話を聞かせてもらおうか」

「トール達は魔王を倒しに来たんだ。だから協力してもらいたくてさ」

「魔王を……それはずいぶんと穏やかな話ではないな」

ムゲンからすさまじい殺気が飛んでくる。呼吸をするだけでも苦しく、全身に圧力がかかっていた。今まで出会った誰よりも冷たく強烈な気配。以前の俺ならこの場にいるだけで気絶していただろう。

不意に圧力が消える。僅か数秒の出来事だったが、俺には一時間ほどそうしていた様に思えた。

「わしの殺気に耐えられるのなら見込みはありそうだな。よろしい、話を聞くだけ聞いてやろう。協力するかはその後だ」

「ありがとうおじいちゃん！」

「そうだろそうだろ、いつだっておじいちゃんはピオーネの味方だからのぉ」

ピオーネと俺に対する落差が激し過ぎる。

本当に協力してもらえるのだろうか。すでに不安だ。

◇

通された部屋でソファに腰を下ろす。向かいに腰を下ろすのはピオーネの祖父ムゲン。

「再確認するが、魔王討伐の任を受けた勇者で間違いないな？」

「一応そうなってる。ジョブはないけどな」

「ジョブなしの勇者か。ヒューマンもなかなか面白いことをする」

湯飲みと呼ばれる器でお茶を啜るムゲンは、俺の話を愉快に思ったのか笑っていた。

この人物、全く隙がない。もし戦ったとしたら九割方俺が負ける気がする。

培われた戦闘技術は時として、レベル差を埋めるに留まらず凌駕することがあるそうだ。必ずしもレベルやスキルが絶対ではない。あくまで基礎能力であり、それを使いこなし活用するのは持ち主次第なのだ。

俺は未だ力に振り回されている状態。一方は永い時間を掛けて鍛え上げた歴戦の強者だ。それでも戦ってみたいと思うのは、戦士としての意地だろうか。

「で、我が国にある転移の魔法陣を使いたいという話だったか、あの目障りな魔王を倒してくれると言うのなら願ってもない話だ。しかし、無条件というのは同意しかねる」

「おじいちゃん!?」

ピオーネが声をあげるが、俺は彼女を手で制した。こちらも無条件に魔法陣を利用させてもらえるとは考えていない。なぜならこれは、魔王に対し明確な敵意を向けることになるからだ。失敗すれば、この国と魔王との戦争が勃発する。

「あのリサとかいう魔王は、我ら魔族を道具としか見ていない。つい先日も使者が来てな、ヒューマン共の侵攻を防ぐ盾となれなどとのたまう始末だ。こちらにも選ぶ権利くらいあるのを知らぬのかと呆れたものだ」

よほど不満が溜まっていたのか、彼はさらに話を続ける。

「我らは魔王就任の祝儀として、多くの物資と金を送ったのだ。それをあの女は『少ない』と使者をその場で斬り捨てた。おまけに無条件で傘下に入らなければ攻撃する、などと脅してくるのだ。実に無礼極まりない、あのような魔王に力を貸す我らではない！」

湯飲みをテーブルに叩きつけた。話をしている内に怒りが再燃したのだろう。

おかげで魔王を裏切る理由はよく分かった。

「さらにだ！　あの女、よりにもよって我らが宿敵である勇者を引き込みおった！　歴代魔王は堂々と戦い、我らにその雄姿をお見せになったというのに！　なんだその軟弱は！　魔王なら正面から戦え！　ふぐぅうう、血圧が上がる!!」

「おじいちゃん、落ち着いて。冷静になろうよ」

「すまんのピオーネ。興奮し過ぎてしまった」

頭を撫でられるムゲン。とたんにだらしない顔になる。

ハッとした彼は、座り直して襟を正した。

「とにかく条件がある。こちらも危ない橋を渡ることとなる、絶対に失敗は許されんのだ」

「条件とは？」

「わしと戦い勝利せよ」

やっぱそうなるよな。実力も分からない奴に頼まないよな。ヤバいな、勝てないかもしれない。なのに俺は自然と笑みを浮かべていた。

「くくく、わしを相手に笑うか。面白い男だ」

「これでも戦士の端くれなんだよ。すげぇ奴と戦ってみたいって思うのは普通のことだろ」

「さてはお主、馬鹿だな。だが、わしはそういう奴は好きだ」

じいさんもな。馬鹿だから分かる。あんたも相当の馬鹿だろう。

「明日、宮殿前にて戦いを行う。案内はピオーネに任せるとよい」

「ちなみにどこまで使っていい？」

「スクロールなどのアイテムは禁止。そこにいる者達の協力もなしだ。一対一の勝負。それと、聖武具も使用を禁ずる。武器はこちらが用意したものを使え」

武器に関して若干の不安はあるが、そろそろ聖剣なしで武器を扱える様にならないといけないよな。力のコントロールを覚える良い機会にさせてもらおう。

「ところでピオーネとはどのような関係だ」

「ん？　普通に友人だが？」

「ならばよい。それ以上仲良くなるなよ。ピオーネは誰にもやらん」

「おじいちゃん!?」

どんだけ孫が大好きなんだ。まぁ、確かにピオーネは可愛いが、そういう目では見ていないし、見られてもいないだろう。安心していいさ、じいさん。

「ピオーネさん、ご主人様は鈍感ですからね」

「うえ!?」

「とにかく頑張りなさいよ。応援はしないけど」

「うぇぇ!?」

何故かピオーネが驚愕(きょうがく)の表情で俺を見る。どうして泣きそうなんだ??

第三章 戦士は元恋人に別れを告げる

ムゲンとの話が終わり、俺達は宿ではなく外で夕食をとることにした。

川側に席が設けられた食事処。

辺りはすっかり暗くなり、向かいの壁は建物の明かりでオレンジ色に輝いている。壁と壁との間には、紐で吊された明かりが垂れ下がり、涼しい風が谷を吹き抜けて行く。

「これがここの名物だよ」

「デカい海老だな」

置かれた皿には、手の長い大きめの海老が載せられていた。

茹で上がったばかりなのか、赤い甲殻から白い湯気が昇る。頭と胴の部分を割れば、白い身が露出し、頭部にはミソがたっぷり詰まっていた。

「大味かと思いましたが、繊細で美味しいですね」

「そうなんだ、ここの海老は他国でもすごく有名でね。これを求めて多くの人がこの街にやってくるんだ」

「あむっ、でもよく見るとここっていろんな種族がいるのね」

「うん、まぁね」

向こう側の道を見れば、ビースト族やリザードマンを時折見ることができる。どうやら暗黒領域で暮らすのは魔族だけじゃないらしい。

　こうしてみると魔族側もヒューマン側とさほど変わらないのかもしれない。

「ごめんねトール。まさかおじいちゃんと戦うことになるなんて」

「いいさ別に。ムゲンに勝てなきゃリサには勝てないだろうし」

「もしおじいちゃんに殺されそう、って感じたら早めに負けを認めるんだよ？　おじいちゃんって、すぐに本気になって相手を殺そうとするからさ」

「お、おお……気をつける」

　話を聞くに手加減は望めそうにない。

　本気でやらないと死ぬかもな。

　けど、この機会は本当にありがたい。本気でぶつかれる相手に巡り会うには今では苦労するのだ。

　ムゲン相手にどこまでやれるか、存分に試してやろうじゃないか。

「ご主人様、楽しそうですね」

「ああ、あのじいさんにどこまで通用するのかワクワクしている」

　隣にいるカエデは自分のことのように嬉しそうだ。

　頭を撫でてやると、気持ちよさそうに目を細めて狐耳を垂れる。

　明日は二人の主として、恥ずかしくない戦いをしないとな。

◇

「……よし」


宿に戻った俺はドアを開けて、廊下に誰もいないことを確認する。

俺はこれから風呂に向かうつもりだ。

男性客が入れるのは深夜近く。宿には風呂が一つしかないらしいので、時間帯で男湯と女湯が決まっているらしい。

すすす、通路を素早く進み曲がり角で身を隠す。

「今日さ、男が一人泊まってるらしいわよ」

「どうせ女見たさの馬鹿な奴でしょ」

「現実を知って幻滅するだけなのにね」

下着姿の女性が話をしながら通り過ぎて行く。

しかも上半身はタオルを首に掛けてるだけ。

なんてだらしない格好だ。

けしからん。けしからんぞ。

だが、一言だけ言わせてくれ。どうもありがとう。

再び通路を走り、なんとか風呂場へと入ることができた。

「ふぅ」

わざわざ隠れなくてもいいのだが、なんとなく堂々とすれ違うのはためらわれた。あんな、あられもない姿を前にして、どこに目を向ければいいのか分からない。それにもし胸なんて見ていることがばれたら叫ばれるかもしれない。

穏便に夜を過ごす為には、視界に入るべきじゃない。

服を脱いで籠の中へ。湯気で満ちた浴室を進み、適当な椅子に座る。

お、なんだここには石鹸が備え付けられてるのか。

しゃかしゃか石鹸で頭を洗い、それから体も丁寧に洗う。

ざばぁ、お湯を頭からかぶれば完了。

湯気の中にうっすら浮かび上がる浴槽を見つけ、俺はゆっくりと湯へと浸かった。

やっぱ風呂は良い。疲れが溶け出すようだ。

「ふぅう、極楽だな」

「誰かいるの?」

じゃばっ、水音がして人影が近づいてくる。

おい、おいおいおい、ここには俺だけのハズだろ。どうして他の奴がいるんだよ。

現れたのは全裸のピオーネだった。

「ひぃ、トール!?」

「待ってくれ、落ち着いてくれ!」

「むぐぐ!?」

ピオーネを抱き寄せて口を押さえる。

叫ばれたら問答無用で俺が罪人になる。そうなれば色々と不味い。

「ピオーネさん、もう出ないとご主人様が――」

「あ」

浴室をのぞき込んだカエデと目が合った。


「もう、お嫁に行けない……」

風呂を出た後、ピオーネは自室で布団に包まっていた。

「悪かったよ。まさかまだ入っていたなんて思ってなかったんだ」

「ううううっ、三回も裸を見られた」

「すいませんでしたっ」

再び深く謝罪をする。

不可抗力とは言え、状況的には俺が悪い。入る前にきちんと確認すれば良かったんだ。それにスライムの件に水浴びの件と、他でも裸を見てしまっている。

ピオーネを深く傷つけてしまった。

「……いいよ、許してあげる」

「え!?」

「その代わり、魔王を倒してもボクに会いに来てね」

「もちろん、絶対会いに来る！」

布団がもこもこ動いた。

すっ、布団の隙間から紙が出てくる。

『魔族の神に誓い、トールはピオーネに必ず会いに来ます』

なんだこれ、サインしろってことか？

だが、口約束だけでは信じてもらえないかもしれないよな。ここはピオーネの気持ちを考えて、サインをする。

差し出すと、手が出てきて紙を引っ張り込んだ。

「ちゃんと会いに来てね」

「約束は違えないさ」

「ボク、ずっと待ってるから」

俺は軽く返事をして部屋を出た。

部屋の外ではカエデとフラウ、それにパン太が待っていた。

「どうでしたか？」

「機嫌は直ったみたいだ」

「どうせそこまで怒ってなかったでしょうしね」

そう、なのか？　ずいぶんと謝った気がするが。

けど、なんだかんだうやむやにしてきたことを、きちんと謝れたのは良かった。ピオーネにはずいぶんと世話になっているからな。

魔族の友人というのも悪くないと思うのだ。

リサやセインのことが片付いたら、改めてお礼をするつもりである。

「ご主人様、部屋の鍵はきちんと閉めておいてくださいね」

「ああ、宿とはいえ何があるか分からないからな」

「それと知らない人が来ても、決してドアを開けてはいけませんよ」

「カエデ？　俺は成人しているのだが？」

子供かなにかと勘違いしてないか。

いや、確かに中身はまだ子供のようなものではあるが。

大人っていつから大人になるんだろうな。

◇

翌日、ピオーネに連れられ、地上にある宮殿へと案内された。

はっきり言おう。魔族の王宮はヒューマンのよりもデカい。

何重にも外壁に囲まれ、いくつもの門を越えなくてはいけない。その度に衛兵に睨まれピオーネが挨拶をした。国王がいる本宮殿に着くまでに、かれこれ三十分以上経過していた。

「遅い！　いつまで待たせるつもりだ！」

「悪いな、ずいぶんと手間取ってしまって」

武具を身につけたムゲンは会って早々に怒鳴る。

予定時間を数分過ぎていた。怒るのも無理はない。

「ごめんおじいちゃん、ボクが道に迷ったのが悪いんだ」

「いいんだよぉ、ピオーネは何も悪くない。全てそこの男の責任だ」

「理不尽だろ」

祖父というのはこういうものなのだろうか？

俺には祖父も祖母もいなかったのでよく分からん。少しピオーネが羨ましい。

宮殿の方を見れば入り口は開かれており、そこには国王らしき男性が椅子に座ってこちらを見ていた。もっと近くで見物させても良いと思うのだが、警備上それはできないようだ。

「本日は国王も同席される。無様な所を見せるなよ」

「分かってるさ」

ムゲンから鋼の大剣を受け取った。

すでに装備は全て外してある。今の俺は聖武具の力を借りられない状態だ。

「両者構えて」

ピオーネが声をかける。それに合わせて互いに構えた。

この戦いに審判はいない。よって負けを認めさせるか戦闘不能にするしか終わらせる方法はない。

無様な姿を見せない為にもジョブとスキルを発動しておく。

「始め！」

先に動いたのは俺だ。瞬時に距離を詰め、ムゲンへ切り下ろす。

剣を剣で防いだ彼は後ろへ下がるでもなく、横に逃げるでもなく、いきなり頭突きをかましてきた。

「ふんっ」

「っつ!?」

マジかよこのじいさん！　むちゃくちゃだ！

次の瞬間には、ムゲンは俺の足を足で払っていた。

体勢が崩れながらも、なんとか地面に片手を突いて後方へと飛ぶことができた。だが、すでに目の前にはムゲンがいる。

再び剣と剣がぶつかり金属音が響いた。

「その若さでわしと同等のレベルか。久々に勇者と戦った日々を思い出したぞ」

「伝説の戦士と戦えて俺も嬉しいよ」

やべぇ、剣が折れそうな雰囲気だ。

やっぱり３００クラス同士の戦いには耐えられないか。

……いや、じいさんの剣は普通だ。きしむような嫌な音もしていない。むしろ聖剣のような力強ささえ感じる。そうか、このじいさん魔剣士だったな。魔法で強化しているんだな。

俺も魔剣士のジョブで土魔法を使い、剣を強化してみる。

めきめきめき。

みるみる剣に土が寄り集まりデカくなっていく。

「……何をしているのだ」

「ちょ、ちょっと待ってくれ！　くそ、なんだこれ！」

土が剣の上から剣を形成しようとしているのだが、サイズがどうもおかしい。

みるみる十メートルを超えてそれでもなお成長していた。

中断！　中断だ！

ばらばら、土が剣から剝がれ落ちた。

だめだ、じいさんの様に上手(うま)く剣を補強できない。考えてみればまともに魔力も扱えていないのに、魔剣士なんて扱いきれるわけがなかったのだ。

「よし、仕切り直しだ！　いくぞ！」

「くくく、やはり面白い奴だな」

再び剣と剣を交える。なんとか折らない様に手加減をしながら、じいさんをどうやって戦闘不能にするか思案する。

「拙いな。わしの剣が魔剣なら、貴様はすでに三度死んでいるぞ」

「だろうな。俺も四回は死んでる気がしてた」

「なかなかすじがいい。本当は六回だったのだが、四回は見抜くことができたか」

「うげ」

化け物かよこのじいさん。まだ五分も経っていないのだが。

できれば自分の実力で勝ちたかったが、こうなったら模倣師を使うしかない。じいさんの動きをジョブで模倣する。

「むむっ、格段に動きが良くなった!?　これは、わしの動きか！」

「真似させてもらうことにした。じいさんからは多くのことが学べそうだからな」

「くはっ、くはははは！　よかろう、真似て見せるがいい！」

足の運び、呼吸、視線、タイミング、あらゆるじいさんの動作を真似る。

ただ、より勝負はつかなくなった。

技量がほぼ同等になってしまったのだ。

だが、それでも良かった。じいさんの動きを真似ながら、俺はひたすらに動きの意味を理解しようと頭を回転させ続ける。刃を交えるほどに体は動きを覚えようとした。

もうすぐ、もうすぐ本当の俺が追いつけそうな気がする。

戦いの中で急成長している実感があった。

そして、理想の俺と現在の俺が重なる。

「でりゃあっ！」

「ふがっ!?」

じいさんに頭突きをかましてやった。

どうだ、みたか。あんたにやられた一発は返したぞ。

「よかろう、わしの負けだ」

じいさんは剣を鞘に収めてしまう。

「すでに実力は拮抗していた。このまま続けてもいずれは剣を折られていただろう」

「じいさん……」

彼はあっさりと敗北を認め、国王の元へと向かう。

「陛下、あの者は紛れもなく魔王を討つ者でございます。魔法陣使用の件、なにとぞご許可をいただきたく存じます」

「其方がそう言うのならば信用しよう。ヒューマンの英雄に力を借りるのは癪ではあるが、あの魔王は魔族をも滅ぼす厄だ。今回は目を瞑ることにする」

「ご英断に感謝いたしまする」

どうやら俺がヒューマンだということは報告されていたらしい。それでも信じてくれたのはムゲンへの信頼だろう。

俺達は国王へ一礼した。

◇

ムゲンとの戦いが終わり、彼の屋敷へと招かれることとなった。

今夜は彼の屋敷で過ごすことができるらしい。

「好きなだけ食べなさい」

「なんか悪いな、豪勢な飯なんか用意してもらって」

テーブルの中央では、一メートル以上もあるカニが鎮座している。

さらにその周囲に、魚の塩焼きに見たこともない野菜のサラダなどが置かれていて、調味料もなじみのない茶色いどろりとしたものが用意されていた。

「今やお主はわしの弟子みたいなものだからな」

「あぐっ、むぐむぐ……弟子?」

「短い時間とは言え、わしの基本的な技術をほぼ全て吸収したのだ。まぁ、まだまだひよっこだが、将来有望なのは確かだな」

弟子かぁ。いいなそれ。

魔族が師匠なんてちょっと変な感じだが、じいさんはそんなの関係ないくらい尊敬できる人物だ。

正直、模倣師がなければ俺に万が一も勝ち目はなかった。

しかも向こうは手加減してたからな。

本気だったら模倣師を使ってもやられてた気がする。

「よかったですねご主人様。ムゲンさんは素敵なお師匠様だと思いますよ」

「ああ、嬉しいよ。ようやく誰かに師事できてさ」

隣にいるカエデは柔和な笑みで俺の言葉を聞いてくれる。いつの間にか席が近づいていて、尻尾ですりすりされていた。

目の前をパン太が通過して、目的のサラダをもしゃもしゃする。

「ちょっと白パン、それフラウも食べたいんだけど」

「きゅう！」

「なに、邪魔する気？」

「きゅ」

「ふにゃ!? こいつ、体でブロックしてくる!?」

器の中に顔を突っ込んだパン太に、フラウは跳ね返される。

しょうがないので俺の方にあるサラダを差し出した。

今やフラウもヒューマンサイズになれるが、決まって食事の時はフェアリーサイズだ。その方が沢山食べられるからだろう。

カエデも一度で良いので、山ほどのデザートを食べたいと羨ましがっていた。

「はい、トール。お肉をとってあげたよ」

「ありがとう」

「ご主人様、お口の横に付いていています」

「あ、ありがと」

隣のピオーネに料理を差し出され、反対側に座るカエデに口に付いた欠片(かけら)をつまんで食べられてしまう。さすがにこの状況は恥ずかしいな。

二人の気遣いはとても嬉しいのだが。

「おほん、そろそろ魔法陣の話をしないといけないな」

「そうだよ、それを忘れてた」

じいさんの声に全員が集中する。これから聞かされる話は大変重要だ。その為にここまで来たと言っても過言ではない。

「ここにある魔法陣は本来、魔王城の緊急用として保持されていた。魔王城の地下には広大な遺跡があってな、その最深部と繋がっているのだ」

「脱出経路ってわけか。でも、リサもそのことは知っているだろ？」

「確かにご主人様の言う通りです。そこを放置するなんて、普通に考えればあり得ないと思いますが」

「もちろん簡単には侵入できん。転移した先には、強力な門番が待ち構えているからな」

ムゲンは席を外し、奥の部屋へと移動した。

しばらくしてから一枚の紙を持って戻ってくる。彼はそれを俺に差し出した。

「それは地下遺跡の大まかな地図だ」

「大切な物なんじゃないのか」

「馬鹿者、それは複製だ。本物を渡すわけなかろう」

ですよね。そうだと思いました。

地図を開いて確認する。

地下遺跡は八層あるらしく、地上までの最短ルートのみが記載されていた。すぐに上に行けそうな感じだが、縮小されているので実際はめちゃくちゃ広いんだろうな。

「小さく見えるだろうがその遺跡はとんでもなく広い。お主に渡したのは簡易版の複製だ。道に迷う可能性もあるから、充分に注意しておく様に」

「それでその門番ってのは？」

「三体いる。で、最初の一体が魔法陣を越えたすぐ先にいる」

ふむ、三体もいるのか。

多分、今の俺達なら余裕で勝てるだろうが、警戒しておくに越したことはない。

「それと、これは先ほど入った報告なのだが、勇者の率いる魔王軍が近隣の国を攻め落としたそうだ。そう遠くない内にここにも来るだろう」

「セインが!?」

名前を聞いただけで俺達の間に極度の緊張が走る。

だが、ムゲンは逆に楽しそうだ。

「今代の勇者がどれほどか戦ってみたいと思っていたのだ。む、なんだその顔は、まさかこの国がたかだか寄せ集めただけの魔王軍に負けるとでも考えているのか」

「勝算はあるんだな」

「いや、ない。しかし確固たる自信はある。なぜならこの国には、わしやわしの弟子達がごまんとおるのだ。軽くねじ伏せてくれる」

意地の悪い笑みを浮かべ、まるで戦いが待ち遠しいようだった。

「魔法陣の使用にはしばし時間を要する。その間、この街でゆるりと過ごすといい。気を抜くのもここで最後となるはずだ」

何から何まで世話になってばかりだ。

いつかきっと恩を返すよ。

じいさんは俺の背後に静かにやってきて耳元で囁く。

彼は唸るような低い声で「ピオーネに手を出したら殺す」と脅した。

……気を引き締めておきます。

◇

アスモデウの都は壁に形成された街だ。

その壁の中では迷路の様に通路が張り巡らされ、店や住居が無数に点在している。さらにその奥には、冒険者しか立ち入らないエリアが存在していた。

通称、遺跡エリアである。

内部は非常に広大かつ複雑であり、未探索エリアが今もなお複数存在している。

その一画に魔王城への転移魔法陣は存在していた。

「無理だと判断したら戻ってこい。恐らくその心配はないだろうが」

「気をつけてね。無事に魔王のもとへたどり着けることを祈ってるから」

ムゲンとピオーネの言葉に頷く。

目の前には大きな魔法陣が輝いていた。リサの足下と繋がっていると思うと、どうしても緊張してしまう。

果たして勝てるだろうか。やはり不安はある。

「そうだ、二人にはこれを渡しておくよ」

俺は懐からスキル封じのスクロールを取り出す。

「そんな貴重な物もらえないよ！」

「受け取ってくれ。セインは誘惑の魔眼を所有している。ピオーネは可愛いからな、もしかすると魔眼で取り込もうとするかもしれない」

「可愛いなんて、恥ずかしいよトール」

「……ピオーネ？」

ピオーネは顔を押さえて耳を赤く染めていた。

代わりにムゲンが受け取りニヤリとする。

「碌でもない勇者だとは知っていたが、そこまで救い難い相手だったか。よかろう。わしらの前に現れた際は、遠慮なくこのスクロールを使わせてもらう」

これで後顧の憂えなく、戦いに身を投じることができる。

頼んだぞ、じいさん、ピオーネ。

俺達は魔法陣へと飛び込む――。

いざ、魔王城へ。漫遊旅団、最後の戦いだ。

カエデにフラウ、パン太が待っていた。刻印の中でロー助とサメ子が鳴いた気がした。

「きゅう」

「やるわよ主様(あるじさま)」

「ご主人様」

「っと」

無事に向こう側に到着。カエデが素早く光を創り出した。

浮かび上がるのは冷たい空気に満ちた石の大広間だ。無数の柱が並び、嫌なほど静か。

「言ってた通り、迷子になりそうな場所ね」

ヒューマンサイズのフラウが、ハンマーを肩に乗せて周囲を観察する。

「カエデ、索敵を頼む」

「向こうに反応が一つあります」

「敵は？」

「スカルドラゴンとだけ」

最初の敵はアンデッドか。しかもドラゴンときている。

「パン太、戻れ」

「きゅう！」

「おい」

珍しくパン太がいやいやと拒否を示す。

それはまるで『自分もメンバーだから戦う』と言っているようだった。

仕方ない。パン太は動きも素早いので、巻き込まれることもないだろう。いざとなれば俺も含めてカエデやフラウが守るだろうし。

それぞれが武器を抜いて走り出す。扉の前には白骨化したドラゴンが横たわっていた。

闇に満ちた眼窩（がんか）に、赤い光がぼんやりと宿る。ぱらぱら。小石を落としながら、スカルドラゴンは首を上げた。大きさはレッドドラゴンほど。恐らく下位の正統種ドラゴンのアンデッドだろう。

「グォオオオオオオッ！」

どこから発声しているのだろうか。実に不思議だ。

「ブレイクハンマー！」

「グォホォ!?」

フラウが容赦なく頭蓋骨を粉砕した。まだ、立ち上がってもいなかったのだが。

すまん、スカルドラゴン。

次会った時はちゃんと相手してやる。

玉座で足を組んで天井を見上げる。

バルセイユ王の表情を思い出すだけで、ついつい顔が緩みニヤニヤしてしまう。

あの顔、最高に面白かったなぁ。今思い出しても笑える。

僕の足下には鎖に繋いだハイエルフがいる。戦利品として持ち帰ったが表情が乏しく、抱いても反応が薄い。顔もスタイルもいいが、抱き心地については微妙だ。興味も薄れたのでそろそろ捨てようかな。

謁見の間にリサが女王のような振る舞いでやってくる。

「バルセイユへの奇襲は成功したのね」

「成功どころか大成功さ。こちらの被害はゼロ、金目の物も全ていただいて、剣の力も存分に試すことができた」

「あら、鎧（よろい）は試さなかったの？」

リサの言葉に顔が引きつる。

あの激痛を思い出し僅かに体が震えた。

「次のお願い事をしてもいいかしら」

「ちょっと待て。僕はお前の主だよな。どうして僕ばかりが動かなくてはいけない」

「これは宣伝なのよ。魔王を従える勇者がどれほど強いのか、世に知らしめないといけないでしょ？　もちろん私が出てもいいけど、それだと魔王が恐れられるだけだと思うけれど」

体よく使われている気はするが、リサの言うことも一理ある。

魔王よりも勇者である僕を恐れなければ意味はない。まだまだレベルアップは必要だ。すでにトールを追い抜いているとはいえ安心するのは早いだろう。僕は圧倒的差であいつに勝たなければならないのだ。

全てにおいてあいつよりも上でなければならない。

「聞いてるセイン？」

「ああ、それで次はどこへ行けばいいんだい」

「それなんだけど、暗黒領域にある国々を潰してきてくれるかしら」

「魔族の国を僕に⁉」

どうやらリサによれば、魔族共は全てが魔王に協力的なわけではないらしい。

むしろ魔王に従うのはごく少数。

中立の立場を表明している国もあれば、彼女を始末しようと考えている国まであるらしい。実に愚かだ。リサに従わないのは僕に従わないのと同じ。勇者と魔王が手を組んだのだから、伏して喜ぶのが普通だろう。

ヒューマン側もだが、魔族も馬鹿が多いな。

「魔王討伐の任を受けたトール達は、必ずどこかを通ってくるわ。いち早く察知する為にも、多くの国をこちらに引き込んでおきたいの」

「以前に言っていた、占術師のジョブを持つ奴に未来予測をしてもらえばいいじゃないか」

「あれは……時間がかかるのよ。一ヶ月位くらい待たないと結果が出ないの」

待っている間に状況が変わってしまうな。

彼女の考える通り使える手段じゃない。だったら反抗的な魔族共を潰して、暗黒領域を掌握した方が現実的だ。

「兵は？」

「トールが向かいそうなのは三つ。順番に可能性の高い国を潰してくれるかしら」

「もちろん出すわ」

いいね、僕が軍を指揮するのか。やりたい放題できそうだ。くひっ。

「それと、アスモデウ国は最後にしてね」

「どうしてなんだ？」

「あそこにはムゲンと言う名の歴戦の戦士がいるわ。多分、今の貴方(あなた)でも勝ち目はない。なにせ二人の勇者を退けた旧魔王の幹部なの」

「リサよりも強いのかい」

「私よりは劣るでしょうけど、一筋縄ではいかないでしょうね」

レベル８００のリサを警戒させるなんて、相当できる奴みたいだな。

でも、僕にかかればそいつもすぐに死ぬさ。その国に行く頃には、かなりのレベルアップを果たしてるだろうしね。

◆

「はははははっ！　勝ったぞ！」

燃えさかる宮殿、そこで僕は王の首を兵士共に見せてやった。

戦く魔族にすこぶる気分が良かった。

宮殿の外では、僕の軍が敵兵を取り囲んでいた。

これで落としたのは二つ。後はアスモデウ国のみだ。

レベルも急激に上がり１５０となっている。剣と鎧の力で最大レベルは３１５にまで上昇していた。

とうとうトールでは手が届かない領域に到達してしまった。２００で自慢気にしていたあいつにはなんだか申し訳ないな。くくく。

さっさとそのアスモデウなんとかを落として凱旋するとしよう。

◆

「ぐぼぉおお!?」

蹴り飛ばされて僕は地面を転がった。

敵はムゲンと名乗る老いぼれ。

「どうした勇者。前勇者と前々勇者の方が数倍手強かったぞ」

「このクソジジイ、ぶっ殺してやる」

「殺せるものならばな。ほれ、はよ来い」

鎧の力を使ってレベルを315にまで引き上げる。渾身の力で切り下ろすが、ムゲンはするりと躱して見せ、すかさず炎の斬撃を飛ばす。直撃を受けた僕は大木に背中から叩きつけられ血を吐いた。

こいつ、レアジョブの魔剣士か！

「ふむ、トールと比べると大したことないな」

「その名をどこで!?」

「知っていて当たり前だろう。わしの弟子なのだからな」

「ここへ、来たのかっ!?」

トォオォルゥウウウ!!　また僕の邪魔をするのかぁぁああ！

「おじいちゃん、持ってきたよ」

「うむ、これで一つ厄介な武器を封じることができる」

「何を……」

ムゲンは男装した美しい女性からスクロールを受け取る。

きひっ、いいね好みだ。どうせ勝てないならあの女だけでもいただくとしよう。

「解！」

「あがっ!?」

スクロールから光が放たれ、僕の目に直撃する。

《報告：誘惑の魔眼はスキル封じによって封じられました》

な、んだとっ!?

「トールに頼まれていたのだ。魔眼を封じて欲しいとな」

「よくも、よくも僕の目を!!」

「ほれほれ、お前の連れてきた兵が撤退して行くぞ」

振り返れば、ワイバーン部隊が続々とこの地を離れようとしていた。ちっ、想定以上に守りが厚かったか。これでは外の兵を引き込むことができない。ここは退（ひ）くしかないだろう。

「ジジイ、覚えていろ！」

「年寄りなんで忘れてるだろうな」

「おじいちゃん変な恨み買わないでよ」

「向こうが売ってきたんだ」

バーズウェルに飛び乗り、魔王城へ向けて飛び立つ。

ここにトールが来たのか。それだけでも収穫はあった。

ひとまずリサの元に戻るとしよう。

◆

トールがアスモデウを通過したことを報告すると、僕はいきなり顔面を殴られた。

「使えない男！　自分が何をしくじったか分からないの!?」

「どうして殴るんだ。僕が間違ったことを？」

「大間違いよウンコグズ！　アスモデウには、この魔王城と繋がる緊急用の転移魔法陣があるのよ！　つまりトール達はもう真下に来てるわ！」

馬鹿な。真下だと。

だったらすぐにでも向かわないと。今こそトールを始末してやる。

「あー、アスモデウを先に攻めさせるべきだったわぁ。計算外。他の二カ国はヒューマンと取り引きしてるから絶対立ち寄ると思ってたのに」

「もう終わったことだろ。それよりもトールを片付けないと」

「……そうね。考えてみればトールは勇者のジョブを持っていないのだから、恐れる必要はなかったわ。どうして警戒なんてしてたんでしょ」

リサはがらりと、憤怒の表情から笑顔へと切り替える。

彼女は僕の前にしゃがみ込んで優しく頬を撫でた。

「ごめんなさいセイン。つい貴方にイライラをぶつけてしまったわ」

「気持ちは分かるさ。僕もトールは目障りだからさ」

「やっぱり貴方は優しいのね。だから大好きよ。一緒に私達の覇道を邪魔する者達を消しましょ」

僕達は口づけを交わす。

馬鹿な女だ。今はまだ逆らえないが、いずれレベル差が埋まった時、また今までの様に足下に這いつくばらせてやる。僕こそが真の勇者。僕こそが生ける伝説。僕こそが世界の王だ。誘惑の魔眼を失ったくらい、ほんの些細なこと。

トールさえ始末できれば後はどうだってできる。

あいつさえいなくなれば、僕は自由なんだ。

「トールを片付けてくるよ」

「気をつけてセイン」

僕は颯爽と城の地下へと向かった。

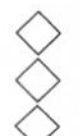

だだだだ。長い階段を駆け上る。
スカルドラゴンを倒し、俺達は五層へと至っていた。
ロー助が現れる魔物を次々に排除する。ここは無数の魔物が徘徊する危険な場所だ。しかも全体的にレベルが高く厄介な奴らが多い。

「フラワーブリザード」

ぴしり。カエデの魔法がポイズンモスやフレイムゴーストを凍り付かせる。

すかさずフラウがハンマーで粉砕。

「きゅう！」

使役メガブーストで強化されたパン太が、ミノタウロスに体当たりする。

敵は壁まで弾(はじ)き飛ばされ衝撃によって気絶した。

ロー助ほどではないが、パン太も戦おうと思えばそこそこできるようだ。しかし、一度に一匹しか相手にできない上にモーションが大きいので、あまり前に出すべきではないな。

現在のレベルはこうだ。

トール　３０５↓３１０
カエデ　３１５↓３３５
フラウ　３００↓３２８
すっかり追い抜かれてしまったな。

だが、ジョブやスキルのおかげでそこまで差は感じない。それにムゲンのじいさんから得た技術もある。総合的にはまだまだ俺の方が強いくらいだ。

地図を頼りに通路を進み続け、ドーム状の大きな部屋へと出た。

「ブフゥウウウゥッ！」

部屋の中央には大きな魔物がいた。

身の丈は五メートル、隆起した筋肉と赤い毛が目をひく。その頭部には太い角があり、右手には鎖の付いた鉄球がぶら下げられていた。

グレートミノタウロス――ミノタウロス系の上位種だ。

奴は俺達を見るなり興奮した様に咆哮した。

「ブモォオオオオオ！」

「鉄球が飛んでくる、避けろ」

グレートミノタウロスが軽々と鉄球を投げる。

素早く躱した俺達は、狙いを分散させる為に部屋の中で三方に分かれる。じゃららら。猛スピードで鎖によって鉄球が引き戻され、大きく振りかぶってカエデを狙う。

「フラウさん」

「分かってるわよ！」

真横からフラウがハンマーで敵を叩き飛ばす。背中から壁に叩きつけられたグレートミノタウロスは血を吐いた。すかさずカエデが風の刃で右腕を切断。それでも敵は血を滴らせながら、牙をむき出しにして吠える。

一瞬で間合いを詰めた俺は、敵の心臓を一突きにした。

生命力の強いグレートミノタウロスは、俺の頭へと左腕を伸ばす。胸から真上に切り上げ、奴の頭部を真っ二つにした。

「ご主人様、お顔に血が」

「ありがとう」

カエデがハンカチで顔を拭いてくれる。

まだ心身共に疲れはない。

このまま一気に地上を目指したい所だが、二人はどうだろうか。

「カエデもフラウも疲れてないか？」

「まだかなりの余裕があります」

「ぶっ続けで戦ってるけど、あんまり疲れてないのよねぇ」

レベル３００台ともなればスタミナも格段に上がるらしい。加えて出てくる敵が雑魚ばかりなので、精神的負担も少ない。

ただ、どこにいても腹は減るものだ。

ここらで小休止しておくか。

◇

三階層へと到達した。

ここで一度足が止まってしまう。なぜなら進むべき道が水で満たされていたからだ。

俺は地図を見て確認した。

「――どうやらここからしばらくは水路を進むしかないみたいだ」

「回り道はできないのでしょうか」

「俺もそれを考えたんだが、どう見てもここしか上に繋がっていないんだ」

「え～、水の中を進むの？　絶対何かいるでしょ」

いる、だろうな。地図を見ても水路はかなり長い。しかも上と繋がっているのはここだけ、強力な魔物を配置しない方がどうかしている。つまり最後の門番はここにいる。

「パン太、ロー助、付いてこられるか？」

「きゅう」

「しゃあ」

二匹はいやいやと頭を横に振る。

水は苦手らしい。

こうなると、頼りにできそうなのはサメ子だけか。

二匹を刻印に戻し、サメ子を出した。

「ぱくぱく～」

「予想だとこの先には敵がいる。だからお前に護衛を頼みたい」

「ぱくっ！」

「やれるのか？」

サメ子は『任せろ』と言いたいのか、少し先を進んでからこちらに顔を向けた。

薄く緑色に濁った水の中。

俺達はサメ子を追いかける様に泳ぐ。

カエデの魔法のおかげでそこそこ見えるが、視界は良好とは言い難い。一応、水中呼吸のスクロールで息継ぎの心配はないが、水によって動きは制限されているのでいつものような素早い反応はできないだろう。

ちょんちょん。カエデが俺の腕をつつく。

どうやらこの先に敵がいるようだ。

サメ子も気が付いたらしく、警戒する様にと振り返った。

正面から大きな物体が近づく。動きはひどく緩慢で魚の様に体をくねらせていた。

あれを知っている。

かつて一度だけ見たことがあった。

青い鱗(うろこ)に覆われ、腕や足には水かきがある。頭部から尻尾にかけて背びれがあり、口元にはナマズのような髭(ひげ)があった。正統種のブルードラゴンだ。

グォオオオオ。

奴の咆哮は、びりびり水を震わせた。

ヤバい。地上ならともかく、水の中でブルードラゴンの相手をするのは危険だ。

カエデもフラウも顔に焦りを浮かべていた。だが、サメ子はひるむことなく、動きを止めたブルードラゴンに正面から挑もうとしている。

ぱくぱく～。

サメ子の体から無数の棘が発射される。それらは鱗を砕き肉に食い込む。ブルードラゴンは痛みに身をくねらせた。

俺はサメ子に使役メガブーストを使う。

めきめきめき。サメ子の体が急速に膨らみ肉体が増強される。

次の瞬間、背部の八つの目のような部分から赤い光の線が照射され、ブルードラゴンを貫いてしまう。

なにその攻撃。

サメ子ってもしかしてかなり強い……？

べしっ。サメ子は尾びれでブルードラゴンの死体を退かし、口をぱくぱくさせて俺達が来るのを待っていた。


水路から上がり、サメ子を刻印に戻す。

同時にロー助を出すが、パン太も勝手に出てくる。

「ううっ、寒いわ」

「すぐに乾かしますね」

カエデは魔法を使って服を一瞬で乾かした。

周囲を確認するが敵はいない。

水路を上がった先は上へと続く階段があるだけだ。

階段を上がり扉を開けた。再び陰鬱とした通路が奥へと続く。

ここへ来てどれだけの時間が経過したのかは不明だ。昼も夜も分からない状態。はっきりしていることは、リサのいる地上に近づいていることだけ。

心がざわつく。もうすぐ恋人だったリサと戦う。

その事実はどうしようもなく悲しい。

裏切られたと分かった今でも、まだ俺の知らない真実があるんじゃないかと疑ってしまう。

多分それは俺の独りよがりな希望だ。信じたい物だけ信じようとする俺の弱い心。

ぎゅっ。

カエデが後ろから抱きしめた。

「ご主人様がどのような選択をしようと付いていきます」

「ありがとう。カエデ」

行こう。前へ。

◇

地下一階層に到達。俺は大きな扉を開いた。

「待っていたよ、トール」

「セイン!?」

　地上に通じる階段がある大広間。そこでは百を越える魔族が待ち構えていた。先頭ではニヤニヤしたセインが腕を組んで俺を見ている。

　以前とは少し変わり、奴は漆黒の鎧を身につけていた。

　あの鎧から嫌な感じがする。

　邪気とも言うべきおどろおどろしい空気が漂う。

「今の僕は以前とは違う。圧倒的力を手に入れた。もう、お前なんか足下にも及ばないんだよ」

「だったらどうして魔族の兵を用意した。一人で待っていれば良かったんじゃないのか」

「保険さ。僕はお前を侮り過ぎていた。まさかお荷物がここまで急成長を遂げるなんて考えもしなかったからね。だから今度は全力で相手して——はぁ!?　レベル310!?」

　セインは後ずさりする。

　ああ、なんだまだ鑑定するクセがついていなかったのか。一緒に組んでいた時、何度も相手のステータスを見ろって注意しただろ。

　思えばお前はずっと相手を侮っていたよな。

「お前達、しばらく足止めしろ！　倒した者は将軍にしてやる！」

　魔族達は武器を掲げて歓声をあげる。

　セインは兵を掻き分け地上へと逃げていった。

　リサのもとへ向かったのだろう。

「頼んだ」

「承知いたしました」

カエデが緩やかに鉄扇を扇ぐ。

先ほどまで動いていたはずの魔族は氷像と化していた。さらにもう一つの鉄扇によって強烈な風が巻き起こる。

氷像は氷の破片となり美しく散った。

「さぁ、おいでませ。ご主人様の第一奴隷である、このカエデがお相手をいたします」

魔族達は、優雅に立ち振る舞うカエデに僅かだがひるんだ。

だが、己を鼓舞する様に武器を掲げ猛然と押し寄せてくる。その様子を見たカエデは、美しくも冷たい微笑を浮かべた。

「特別にとっておきをお見せいたしましょう。氷結葬火」

扇いだ鉄扇から青い炎が発生する。

それは波となって魔族を飲み込んだ。

炎が消えた後には、凍えるような冷気と乱立する氷像だけがあった。

「なにいまの！　青い炎がでたらみんな凍ったわよ!?」

「一族に伝わる秘伝の一つです。レベルアップした今なら扱えるようですね」

「今までは使えなかったってこと？」

「ええ、残念ながら。なにせ未熟者でしたので」

冷たい炎なんて初めて見た。なんとなく普通の魔法とは違う気がする。

こんな時だが興味をそそられてしまう。

「きゅう！」

「しゃぁ」

パン太とロー助が氷像を砕いて道を作ってくれる。

一気に階段を駆け上がり、扉をぶち破ってそのまま城内へと突入する。

「やけに静かね、下っ端は逃げたのかしら」

「先ほどの者達がそうだったのでは？」

「じゃあ、雑魚はほとんど倒したってことね」

「雑魚はな」

エントランスでは、階段を塞ぐ様に一人の女性がいた。禍々しい手甲を両手にはめ、その顔には不敵な笑みを浮かべている。

「六将軍のデネブだ。あんたらが漫遊旅団だね」

「最後の配下か」

俺は剣を抜く。

が、デネブは構えることなく道を空けた。

「……なんのつもりだ」

「ワタシはお前達の争いに興味はない。将軍になったのは単純に賃金が良いからだ」

「戦うつもりはないと？」

「勝てない相手に戦いを挑むほど馬鹿じゃない。進みたければ好きにしろ」

手をひらひらさせてこの場を去った。

今までの将軍達は自ら戦いを求めていたが、デネブとやらはそういうタイプじゃないらしい。ピオーネも変わっていたが、魔族にも色々いるんだな。


重厚な扉を開き、謁見の間へと至る。

玉座に座るのはリサ。その背後にはセインがいた。

俺はパン太とロー助を刻印に収納する。

ここからは眷獣(けんじゅう)を気に掛けている余裕はない。

「よく来たなトール、ここがお前の墓場だ」

「セイン。調子に乗らないでね、貴方は始末もできずおめおめと逃げてきたんだから」

「逃げたんじゃない、こちらへ誘導したんだ。リサがいれば僕も安心して戦えるからね。あんな兵に背中は任せられない」

「さすがは役立たずの勇者ね。言い訳だけは一人前だわ」

「くっ……」

リサが立ち上がる。

それに合わせてセインも並んだ。

「私が援護するわ、貴方はトールを」

「もちろんだ」

セインは魔剣を抜いて力を解放する。

今まで見たものと違い、その魔剣は肉体に外見的な変化を及ぼさないようだ。しかし、確実にセインの気配は強まっている。よどんだ邪悪な空気が彼から放出された。

「ずっと目障りだったよ。初めて会ったあの日から」

「俺は、憧れていた。セインみたいになれたらと何度も思っていた」

「ふざけるな。お前はいつもそうだ。馬鹿で鈍いくせに、僕よりも恵まれていて、常に僕の先を行く。完璧な勇者である僕が、どうしてお前なんかに後れをとらなきゃいけないんだ。どうして嫉妬しなきゃいけない。お荷物はお荷物らしく、野垂れ死んでいれば良かったんだ！」

互いに踏み込み剣撃を打ち込む。

火花が散り、衝撃波が部屋のあらゆるものを吹き飛ばした。

至近距離で俺とセインはにらみ合う。剣は不快な音を響かせ鬩（せめ）ぎ合った。

周囲では、紅（あか）い炎と青い炎がぶつかる。

「クリムゾンフレア」

「氷結葬火」

至るところで爆発が起き、熱風と冷気が吹き荒れる。爆発を掻い潜（くぐ）ったフラウが、リサの真上からハンマーを振り下ろした。

「ブレイクハンマー！」

「私にこんなもの効くわけないでしょ」

リサは片手でハンマーを受け止めて見せる。

だが、フラウはニヤリとした。

「フラワーブリザード」

ぴしり、リサの首から下が凍り付く。すかさず空中で体を回転させたフラウが、もう一撃放つ。

轟音（ごうおん）と共にリサは弾き飛ばされ、壁へと直撃した。

「こっちは二人いるのよ。レベル８００でも同時に相手にするのは至難の業でしょ」

「一対一なら負けるかもしれませんが、二対一なら勝機はあります」

「……そう、じゃあどこまでやれるか確かめてあげるわ」

ほぼ無傷の魔王リサが立ち上がる。

一方、こっちはセインと何度も剣を交差させていた。

「僕はさ、トールの両親が死んだと聞いた時、すごく気分が良かったんだ！　パーティーで段々と居場所を失っていく姿は、もう最高に幸せな気分だった！」

「どうしてそうなったんだ。俺が、悪かったのか？」

「そうだよ、全部お前が悪いんだ！　お前が僕の前に現れたから、全てが狂ってしまった！　トールさえいなければ！」

セインの力が急激に増大した。

剣で剣を受け止めた俺は、強い衝撃に片膝を屈しそうになる。恐らく漆黒の鎧の力。鎧はみしみし音を立ててセインの体を締め付ける。

「僕の歩む栄光の道にお前は必要ないんだよ！」

「な、にが、栄光の道だ……」

「馬鹿な！　押されてるだと!?」

ジョブコピーで勇者のジョブをコピーした。

そのおかげで全基礎能力が底上げされる。

だが、このタイミングでリサのレベルを下げるのは不味い。勇者のジョブは奥の手、気づかれてしまうと逃げられる恐れがある。

「お前の言ってることは子供の我儘だ。そうなったのは誰のせいでもない、お前自身が原因だろうが」

「黙れっ！　黙れ黙れ黙れぇえええええっ！」

刹那、俺は刃を走らせた。

ぶしゅぅううう。ぼとん、セインの右腕が床をバウンドし、傷口から血液が噴き出す。

「ぎゃぁぁあああああっ！　腕が！」

セインは右腕を押さえて床を転がる。

しかし、そこにはもう腕はない。

「セイン」

「ひぃ」

彼は床を這いずり魔剣を拾う。震える左腕で切っ先を俺に向けた。その顔は恐怖に染まり、激しく動揺しているのか目の焦点が定まらない。

俺は大剣を床に突き刺し、セインの握る剣を蹴り飛ばした。

「ま、まて、」

セインの上に馬乗りになる。

さらに俺は、みちみちと血管が浮き上がるほど、力を込めて右腕を大きく振り上げた。

こいつのレベルなら本気で殴っても簡単には死なないだろう。

「これはネイの痛みだ！」

「ぐげぇ!?」

セインの顔面に右拳をめり込ませる。衝撃で床に蜘蛛(くも)の巣(す)状の亀裂がぴしぴし走った。

上体をこれでもかとひねって大きく左腕を振りかぶる。

「これはソアラの痛み！」

「ぶぎっ!?」

セインの頬に拳がめり込んだ。衝撃で天井からぱらぱら欠片が落ちてくる。

俺は休まずクソ野郎の顔面をボコボコに殴り続ける。

「裏切られた人々の痛み！」

「げぼっ！　もうやめっ――」

「そして、俺と、俺の仲間の痛みだぁあああ!!」

思いっきり拳をめり込ませた。床にみしみしとさらに亀裂が走る。

見下ろすセインの顔は、血に濡れ腫れ上がっていた。

「な、なぁ、トール、今までのことは謝るから許してくれよ。僕ら、親友だろ?」

「…………」

「全部出来心、だったんだ。若気の至りなんだ。村のおじさん達も、よく言ってたじゃないか、失敗は誰にでもあるって」

「…………」

「改心するよ。だから、仲直りしよう。きっとまた、リサやソアラやネイと楽しく冒険できるさ。今度こそ世界一のパーティーにしよう」

本気で言っているのか。

全てを修復不可能にまで粉々にしたのはお前だろ。

それにリサは魔王だ。

仲良く冒険なんてできるはずもない。

「頼む、見逃してくれ。死にたくない」

「殺しはしないさ」

「トール! ああ、やっぱりトールは最高だよ!」

セインは助かったと勘違いして喜ぶ。

こんな場所で殺しはしない。お前は連れ帰り、ちゃんとした裁きを受けてもらう。きっと、その方がセインにとって残酷だからだ。

俺は立ち上がり、突き刺していた大剣を引き抜く。

引き抜いた大剣を、そのままセインの太ももに力を込めて落とした。

「ぎゃぁあああああああああああっ!! いだい、いだいよぉおおお!!」

ぶしゃぁあああ。セインの股間がみるみる濡れる。

元親友は白目を剥いて気絶してしまった。

なんてひどい面だ。過去色々な奴らを見てきたが、こいつほどひどいのは見たことがない。こんな奴に憧れてたなんて、自己嫌悪で病んでしまいそうだ。

「あぐっ!」

「っつ!」

爆音が響き渡り、フラウとカエデが吹き飛ばされた。

二人は床を転がるもすぐに立ち上がる。

「もう倒されたの。やっぱり役立たずね」

リサに目立ったダメージは見受けられない。

二人の猛攻を受けて平然としているなんて、さすがはレベル８００の魔王か。

俺は歩み出て、対リサ用の戦闘スタイルを発動。レベルを８６８にまで上昇させる。

「リサ、もう終わりにしよう」

「ぶふっ、なに言ってるの？　まだ彼氏面？　あんたとはそもそも始まってもいなかったんですけど？」

「そうじゃない。この戦いを終わらせると言っているんだ」

「あ、そう。どうでもいいけど」

　豪火がリサの杖より生じる。ドラゴンのブレスとみまがうような爆炎が俺達の横を通過した。皮膚を炙る熱。喰らえば大ダメージは確実。

　散開した俺達は、部屋の中を攻撃を避けながら駆ける。

「アイスミスト！」

　カエデの魔法が、部屋の中の温度を急激に低下させた。

　だが、瞬時にリサの魔法が気温を上昇させる。

「ブレイクゥウ、ハンマァアアア!!」

「ちっ」

　フラウのハンマーが振り下ろされ、反射的にリサは回避。こちらへの意識を外した瞬間を狙って斬り込む。大剣と杖が交差し、床の砂埃が一気に舞い上がった。

「リサ、お前の目的はなんだ」

「言ってなかったかしら。私は世界を支配し、私による私だけの私が最高に楽しめる場所を作るのよ。友人を殺し合わせ、目の前で恋人を犯して殺し、親子で肉を喰らいあわせるの。そんな世界、素敵だと思わない」

「全く理解できないな」

「でしょうね、だからあんたはつまらないのよ」

リサに蹴り飛ばされる。床に着地すると同時に火球が放たれた。

邪魔な魔法を大剣で両断し、再びリサに斬りかかる。

「うっとうしい！　早く死ね！」

リサからすさまじい熱と衝撃が発せられ、謁見の間を白く染め上げた。

不味い。これは危険だ。

フラウとカエデを守る為に、壁となって攻撃を防ぎ続ける。

じりじり皮膚が焼かれ、ずりずりと足が下がる。同時にカエデが癒やしの波動を使用し、皮膚は損傷と修復を繰り返す。

攻撃が収まり、リサは余裕の笑みを取り戻していた。

「セインは所詮、魔剣に使われていただけの男ね。知ってるかしら、今の私はこの最上位の魔剣によってレベル１２００なのよ」

「うっ……」

ダメージに片膝を突く。カエデのスキルがなければ死んでいた。

魔剣によるレベル上昇があることは分かっていたが、１２００は予想を遥かに上回る数字だ。勇者のジョブがあるとは言え、全員が生き残れる保証は全くない。

せめてカエデとフラウだけでも逃がすべきか。

「カエデ、フラウ、お前達はもういい。逃げろ」

「何を言い出すのですか!?　ご主人様!」

「そうよ、こんな所で馬鹿なこと言わないでよ!」

「二人には充分、付き合ってもらった。もう満足だ。だから、せめてこれからは自分の好きな人生を歩んでくれ」

俺は奴隷商に教えられていた呪文を唱える。

それだけで主従契約は解除された。

これでもう二人は自由だ。無理に俺に付き合う必要もない。リサはたとえ相打ちになったとしても必ず俺が倒す。二人は生き延びてくれ。

「二人とも、今までありがとう。楽しかったよ」

俺の自慢の奴隷。

可愛いくて最高の仲間。

お前達が生き残ってくれるなら、死も喜んで受け入れる。

ぱぁん。

俺は頰を叩かれた。

「いやです!　私は、私はご主人様と、どこまでも一緒だと約束しました!　あの日、お菓子を食べさせてくれたご主人様は、私にそう言ったんです!」

カエデが泣いていた。

優しくて、いつも笑顔を絶やさないあのカエデが。

心の底から俺に対して怒っていたのだ。

「私は戦います！　奴隷だからじゃない、これは私の意思です！　トール様にどこまでも付いていきたい、もしその結果、死んだとしても悔いはありません！　だから、そんなことを言わないでください!!」

「カエデ……」

叩かれた頬は熱を持っていた。

ダメージにもならないダメージ、だが不思議ととても痛かった。

「ほら、主様が変なこと言うからカエデが泣いたじゃない。どうせ主様のことだから、相打ち覚悟で倒してやろうなんて考えてたんでしょ」

「うっ、どうしてそれを」

「そりゃあ偉大なるトール様にお仕えするフラウだもの。気が付くわよ。だいたいこんな所でおめおめ逃げたら里のみんなに『このツルペタロリめ、恥を知れ！』なんて石を投げられるわ」

ツルペタロリってなんだろうか。

相変わらずフェアリーの感覚はよく分からん。

だが、二人が俺と運命を共にする気マンマンなのは理解した。

ああ、なんだろう。すげぇうれしい。沸々と力が湧いてくるようだ。やっぱ、死にたくない。まだやりたいこと沢山あるんだよ。

ははは、相打ちなんて俺らしくなかったな。

「別れはもうすんだかしら？」

「待ってくれて感謝するよ、リサ」

「いいのよ。この後に見られる、トールの絶望がより引き立つから。まずはそこのフェアリーから焼き殺してあげるわ」

目にも留まらぬ速度でリサはフラウに肉薄する。

だが、俺は素早く間に割って入り炎を大剣で斬った。

間髪を容れずカエデが魔法を放つ。

リサはひらりと躱し、着地と同時にカエデに目標を変え、瞬時に駆け抜ける。

「させるか！」

「お呼びじゃないのよ！」

カエデを守る様にして大剣を振るう。

リサは杖で受け止め、至近距離でにらみ合った。

「おかしい。レベルを上げたはずなのに、どうして力が拮抗しているのかしら」

「それはな――俺が勇者のジョブを持っているからだ」

至近距離で『まんまと騙されたな』と笑ってやる。

「あり得ない！　勇者はセインのはず！」

青ざめた顔でリサは戸惑う。

だろうな、俺がジョブコピーを持っているなんてリサは知らないのだ。

勇者のジョブは毎秒魔王のレベルを一ずつ下げる。もちろん一時的な効果。だが、それがどれほど恐ろしいのかは説明するまでもない。

すでにジョブを発動してから五分近くが経過している。

実は俺がカエデ達と会話をしている間に、すでにレベルダウンは始まっていたのだ。

正直、下げながら戦うのは厳しいと思っていたが、リサが時間を与えてくれたおかげで、状況は大きく好転していた。

現時点のリサのレベルは９００。

対する俺のレベルは８６８。

時間の経過と共にその差はどんどん縮まっている。

「私のレベルが！　まさか本当に!?」

「これでほぼ対等だな。油断してくれて感謝するよ」

「トォオオルゥウウ!!」

すさまじい熱量の炎が至近距離で放たれる。

俺は大剣でそれを受け止めた。

皮膚を焦がす熱と骨が砕け、消し飛びそうな衝撃。だが、ネイやソアラ、多くの人が受けた痛みに比べればなんてことはない。俺は馬鹿だ。鈍感だ。戦うしか能がない戦士。痛みに鈍く、苦しさなんてすぐに忘れてしまう。

じいさん直伝の頭突きをリサにぶつける。

「あぐっ!?」

「氷結葬火」

カエデの放った青い炎が、リサの体を氷漬けにする。

真上ではすでに、フラウが高々とハンマーを振り上げていた。

「ブレィィクク゚ゥゥ、ハンマァァアアアアア!!」

リサの脳天にハンマーが落とされる。

足下の床は円形に陥没し、建物全体を揺らす。

リサは床に片膝を突いた。

つぅ、彼女の額から血が流れる。

「たかがお人好しの馬鹿な戦士、だと侮ったことが間違いだったわ。認める。トール、貴方は私にふさわしい男だわ」

「セインを捨てて俺とよりを戻したいと?」

「そうよ、ずっと思ってたの。あのグズで間抜けな男より、貴方の方が勇者にふさわしいって。もし怒っているなら、謝罪になんでもするわ。そうだわ、結婚よ、私達約束してたでしょ」

リサの額から汗がしたたり落ちる。

こうしている間にもレベルは落ち続け、カエデとフラウが逃げ道を塞ぐ。

俺達に囲まれた彼女は焦っているようだった。

「じゃあ婚約に渡した指輪を見せてくれ」

「そ、そうね、すぐに出すわ！」

リサは指にはめた指輪を見せる。

「それはセインから贈られた指輪じゃないのか」

「え、あの、その」

「俺に投げつけたのも忘れたんだな」

「――!!」

お前の指輪は俺が草原に捨てたんだ。

だから持っているはずないんだよ。

さらに一分が経過。

リサのレベルは８４０となった。

もう、俺と彼女のレベルは逆転している。

「許して、お願い！」

「俺の両親も助けを懇願したんじゃないのか」

「それは、」

「あの日、きちんと言葉を交わさずに離れたよな。俺も突然のことで大切なことを伝えるのを忘れてた」

大剣がリサの胴体を貫く。

「ごぶっ!?」

俺は彼女の耳元であの日、伝えるべき言葉を呟いた。

さようなら、リサ。

◇

厳かで静けさに満ちた謁見の間。

玉座ではアルマン王が俺達を見下ろす。

「よくぞ魔王を打ち破った。これで次の百年、平和な世が続くことだろう。我が国の全ての民、そして各国を代表して礼を言う」

「俺は俺のしたいことをしただけだ」

国王は俺の言葉に微笑みを浮かべて頷く。

「裏切り者のセインを連れ帰ってくれたことにも礼を言おう。あの者はこともあろうに、バルセイユの都を襲撃、国王とその他大勢を殺害し略奪を行った。バルセイユからは生きたままの引き渡しを要求されていたのだ」

「祖国が!?」

「魔王討伐に集中してもらう為に、あえてこのことは伏せていた。セインも元は勇者、捕縛は難し

いと余は判断していたのだがな。さすがは漫遊旅団と言うべきか」

彼は俺に軽く頭を下げた。

重要な報告を隠していたことへの謝罪だろう。

確かに驚きはしたが、そこまでショックは受けてはいない。祖国とは言え俺が住んでいたのは田舎の小さな村だ。都が襲撃された所で遠いどこかの国の話に聞こえる。

亡くなったバルセイユ王にも会ったことはないしな。

「セインはどうなる？」

「裁判にかけられ罰を受けることとなるだろう。死刑は確定だろうが、恐らく簡単には殺さぬだろうな。現在のバルセイユの民は多くの不満を抱えている。その解消の為に使われるはずだ」

哀れだなセイン。

道を踏み外さなければ、ここにいるのはお前だったかもしれないのに。

「さて、見事に魔王を討ち果たしたわけだが、貴公は何を望む。できる限りの褒美を授けてやろう」

「それじゃあこれを返すよ」

俺は腕輪を外す。

国王は『やはりか』とばかりに僅かに口角を上げた。

「俺には、違うな。俺達には勇者の称号は重すぎる。あと英雄も。褒美なんていらないからこれを返上させてもらいたい」

「役目から解放されたいと申すか？」

「そうだ。魔王が討たれたことで、じきに魔族は落ち着きを取り戻す。そこには勇者なんて存在は必要ない」

「しかし、すでに各国には漫遊旅団が我が国の英雄であり、勇者であると認知されている。今さら返上した所で一度付いた認識は変えられぬぞ」

「だろうな。だから俺達は解散する」

部屋の中がざわついた。

しかし、国王は表情を変えず片眉だけを上げて見せた。

多分俺の考えは想定済みだったのだろう。その証拠に、腕輪を収める為の箱がすでに用意されていた。

俺は騎士の持つ箱に腕輪を収める。

この瞬間から、俺達は英雄でもなく勇者でもなくなった。

「貴公の気持ちは受け取った。だが、だからといって完全に自由になれるとは思わぬことだ。其方らが漫遊であったことを覚えている者は、余を含め大勢いるのだからな」

「分かっているさ。だから何かあれば協力するよ。できる限りだが」

彼は満足そうに頷いた。

どうやら理解は得られたらしい。

これで俺は英雄でもなく、勇者でもなく、漫遊旅団でもなくなった。

ただのトールだ。戦士のトール。
国王陛下に深く一礼して、俺は謁見の間を後にした。

第四章 ＞＞＞ 疲れ果てた戦士は故郷へ帰還する

故郷の村へと戻る途中、俺達はバルセイユの都へと立ち寄る。

大通りには大勢の人の壁ができていた。

罵声と石が飛び、通りの真ん中を馬車が通過する。

荷台には檻に入れられたセインの姿があった。

「やめ、あげっ！　ぼくはゆうしゃ、あぎゃ！　止めろと言っている！　殺すぞお前ら!!」

レベルが高いせいかセインに、民衆の投げる石は効いていないようだった。

それでも精神的ダメージはあるみたいだが。

彼の服はすでにボロボロになるまですり切れていた。どうやら馬で街の中を引き回された後らしい。軽く聞いた予定では、この後セインは千叩きの刑、水責め、針責め、火責め、などを行った後に公開で首を落とされ、街の中心部にさらされるそうだ。

あいつの最期を見る気はない。

セインという男は俺の中ですでに死んだのだ。

胸に空虚感が訪れる。胸にぽっかりと穴が空いたようだった。

「ご主人様、大丈夫ですか？」

「心配してくれてありがとう、カエデ」

隣にいるカエデの頭を撫でる。

彼女は気持ちよさそうに顔を緩ませた。

「けど、あいつ割とタフよね。この状況でよくへこまないわね」

「きゅう」

パン太に乗ったフラウが、少し上からセインを観察している。

セインは、心のどこかで助かるとまだ思っているのかもしれない。勇者を殺すなんてあり得ない、と。そうでなければ、あんな風に民の感情を煽るようなことはしないはずだ。

「そいつの舌を切り落とせ！」

「そーだそーだ！」

「舌だけじゃなくて、ぶら下げている物も切り落とすべきよ！」

「そーだそーだ!!」

民衆からそんな声が聞こえた。

「な、なにを言っているんだ！　そんなことをする必要ないだろ！　いたた、いたたた！　石を投げられて痛いなぁ!!」

焦り始めるセイン。彼は急に石を投げられた所を痛がり始めた。

馬に乗った貴族が民に語りかける。

「皆の怒りは理解できる。では今夜にも彼のフランクフルトソーセージを切り落とそう。おっと、サイズを間違えた。小さめのウィンナーソーセージだったな、失敬」

貴族のジョークに、民衆は腹を抱えてゲラゲラ笑う。

セインは顔を真っ赤にして震えていた。

故郷の村へと戻ってきた。

「ここがご主人様の故郷ですか」

「どこにでもありそうな小さな村ね。でもフラウは好きよ」

「きゅ」

フラウの言う通り、どこにでもある小さくてこれと言って特徴もない平凡な村。

ただ、穏やかで優しい村だ。

砂利道には柵が立ち、脇には小さな花が咲いている。村の中心を流れる小川には魚が泳ぎ、点々とある家々の煙突からは煙が上っていた。すでに夕暮れ時、木の枝を持った子供達が川に架かる橋を越え、それぞれの家へと戻っていく。

変わらない。村を出た頃と何も。

「ご主人様の家はどこですか？」

「あそこだ」

村の中で一際大きい家がある。あれが俺が生まれ育った場所だ。

村を案内しつつ家へと向かう。

「トール？」

クワを担いだネイとばったり出会った。

最後に見た姿とは大きく変わり、今はオーバーオールに顔や手を泥だらけにしている。ちゃんと両親の畑仕事を手伝っているみたいだ。ネイは道具を投げ捨て、俺の胸の中に飛び込んだ。

「無事だったんだな！　勇者になったって聞いて驚いたんだぞ！」

「心配かけた」

「ほんとだぞ！　食事も腹八分目で、夜も一週間に一回くらい眠れない日があったんだからな！」

「何も問題はなかったようだな」

彼女を抱きしめて心配かけたことを詫びる。

俺も安心したよ。ちゃんと村に戻っているのを確認できて。

ネイは見上げて「終わったのか？」と尋ねる。

「全部終わったよ。リサもセインも」

「リサは……」

「魔王だった。俺は勇者としてやるべきことをやった」

「そっか」

「あまり驚いてないな」

「そりゃね」

ネイは俺から離れてクワを拾う。

「トールのこと好きじゃないのバレバレだったし」

「おい、初耳だぞ」

「言うわけないじゃん。トールはリサにぞっこんだったし。それに確証もないのに、関係が悪くなるようなこと言うのもいやだったんだ」

ネイの言い分はもっともだ。あの頃の俺はリサに染まりきっていた。きっと忠告を受けても聞きはしなかっただろう。己の馬鹿さ加減には本当に嫌気がさす。

「それとセインはそう遠くない内に死刑になるそうだ」

「いい気味だ」

彼女はそれだけ言って歩き始める。

帰宅中だったと思うのだが、何故か来た道を戻っていた。

「何してるんだよ。家に行くんだろ」

「お、おお」

彼女は俺の家の扉を開けて、勝手にずかずかと上がる。

そう言えば昔もこんな風に自由にウチへ来ていたな。ネイもソアラもほとんど俺の家の子供みたいな扱いだったし。

掃除をしてくれているのか、廊下は綺麗だ。

「トールがいつ戻ってきてもいい様に、アタシが時々掃除をしていたんだ」

「ここがご主人様の生家ですか、素敵です」

「へー、思ってたよりも広いじゃない。匂いも良いし雰囲気はフラウ好み。パン太もそう思うでしょ」

「きゅう！」

カエデは階段の手すりの傷などを撫でて微笑む。

フラウとパン太はさっさと二階へと飛んでいった。

「しばらく村にいるんだよな？」

「そのつもりだ。やっと帰ってきたからな」

「そっか」

ネイは、優しく微笑んでから家を出た。

「ご主人様、夕食をお作りしたいのでお台所をお借りしてもよろしいでしょうか」

「好きに使ってくれ」

ぱたぱた。台所へと走って行く。

嬉しそうなカエデに、思わず顔が緩んでしまった。

◇

村に帰還して数日が経過した。

日がな一日ぼーっと窓から外を眺めている。

何かをする気が起きない。胸にぽっかりと空いた穴。かつての空虚感が再び訪れていた。

何か大切な物が失われた気がしていた。

いや、実際に失ったのだ。元恋人と元親友を。

「ご主人様、調子はどうですか」

「ああ」

「昼食を持ってきましたので、どうぞ」

「ありがとう」

ベッドの端に座りカエデからスープを受け取る。一口啜って気が付いた。あんなに美味かったカエデの料理がやけに薄く感じる。

食欲もあまり湧かない。スプーンを持つ手が止まる。

「美味しくなかったですか？」

「そうじゃない。あまり食欲がないんだ」

「昨日もそう言ってあまり食べられませんでしたよね」

「悪い。少し休ませてくれ」

器をテーブルに置いて寝床に入る。

体がひどく重い気がした。手足に鉛を付けられているようだ。それでいて俺の中の何かが抜けていく感じだ。

「ご主人様」

カエデは俺の額に手を置き、癒やしの波動を使ってくれる。

少し空虚感が薄まった気がした。彼女の手は温かい。

「おじゃましまーす」

「ネイさん」

ネイが部屋へとやってきた。仕事の合間にこうして時々顔を出しに来る。

「まだ元気が出ないのか」

「色々あり過ぎて疲れたんだよ」

「まぁ、色々、あったよな」

彼女はベッドの近くにある椅子に座る。

「けど、だからっていつまでもそんなんじゃ、カエデやフラウの気が休まらないだろ。二人のご主人様ならもっとしっかりしないとさ」

「もう奴隷じゃないんだが」

「同じだろ。カエデもフラウもアタシもトールの奴隷みたいなものだし」

「そうなのか」

「そうなんだよ」

しばらくして二人は部屋から出て行く。

廊下から声が聞こえた。

「どうしたらいいでしょうか。ずっとあのような感じで」

「もう癒やすだけじゃだめなのかも。ここはびしっと喝をいれてやるとかさ」

「喝ですか、私は苦手です」

「それならできそうな奴を集めたらいいじゃん。飴と鞭と癒やしの三連コンボで元気にするんだよ。旅をしてきたんだから、心当たりあるだろ」

「心当たり……」

一人残された俺は、目を閉じる。

なにもかもに疲れた。

やっと穴を埋められたと思ったのに、また胸に大きな穴が空いてしまった。

リサ、セイン……どうして。


――セピア色の景色。

喧しくセミが鳴く。子供の俺は村の砂利道を走っていた。

後ろにはネイとソアラ。

『また明日、スライム狩りしようぜ！』

『アタシあのぶよぶよしたのきらい』

『ぷふー！　あれぇ、ネイってスライムだめなんだぁ。こわがり』

『そんなことないもん！』

『喧嘩（けんか）すんなよ。じゃ、そろそろ帰るから』

『『うん、またあしたー！』』

俺はネイとソアラと別れ自宅へと急ぐ。

玄関のドアを開けると、ダイニングにはすでに父さんと母さんがいた。テーブルに載せられた料理の数々。すごく美味しそうで生唾を飲み込む。

『お帰りなさい。今日も泥だらけね』

黒髪の女性が微笑む。忘れかけていた母の顔がそこにはあった。

そうだ、こんな顔だった。父の顔もはっきりと思い出した。

母がしゃがみ込んで俺に語りかける。

『トール、よく頑張ったわね』

頭を撫でてくれた。

懐かしい手に心が安らいだ。

『今は辛（つら）いかもしれない。でも、貴方（あなた）ならまた立ち上がれるわ。だって私達の子供だもの』

『母さん？』

『旅はまだ終わっていないわ。むしろここからが本当の旅立ち。貴方はもっと大きな物を背負うべき人間よ。だから私は貴方に貯蓄スキルを与えた』

父も母も微笑んでいた。

涙がこぼれる。ようやく気が付いた。これは両親からの最後のメッセージなのだと。だが、声が

出ない。言いたいことが沢山あるのに声が出なかった。

『この先には、残酷な運命も幸せな運命も等しく貴方を待っている。けれどトールなら乗り越えられるわ』

母さんと父さんが離れて行く。

俺は懸命に追いかけるが、その手は空を掻いた。

『どんな形だっていい、生きなさい。そして、支えてくれる人達を大切に。大丈夫、きっといつかまた会える。私達はずっと貴方を見守っているから』

離れる景色を追いかけて、ひたすらに暗闇を走る。

二人は小さくなっても笑顔で手を振っていた。何故か追いつくことはできない。

両親は消え失せ、俺はつまずいて転んだ。


「トール！　起きろっ！」

「ぶげっ！？？」

ぐいっと胸ぐらを摑まれて顔面をぶん殴られた。いきなりのことで視界がチカチカする。

なんだ、何が起きた。俺は寝ていたはず。

ようやく視界がはっきりとする、窓から差し込む朝日に目を細めた。

目の前にはネイがいる。

「腑抜けたトールに気合いを入れてやる！」

「あげっ!?」

またぶん殴られる。

むちゃくちゃだ。だが、意識がクリアになる気がした。

「次、ソアラ」

「トール、神の深い愛を受け取るのです」

「え、ソアラがどうしてここに!?」

「歯を食いしばりなさい。これが神の愛です」

ソアラは杖で頭をぶっ叩いた。べきっ、杖が半ばからへし折れる。

歯を食いしばる意味あるのか。

「さ、バタンタッチです」

「では遠慮なくいかせていただきますわ」

「ハロー、やっと出番だねー」

マリアンヌ!? ルーナ!??

ネイとソアラが部屋から出て行くと同時に、マリアンヌとルーナが入ってくる。

二人は俺の頬をぺちっと軽く叩く。

「わたくしが慕う殿方はいつでも強くあっていただきたいですわ」

「そうそう、これは愛の鞭だよ。トール君にはしょぼくれる暇なんてないんだから」

「まだ立ち直れないならさらに叩いて差し上げますけど」

「むしろそっちの方が嬉しいかなー？　んー？」

「いいえ」

二人が部屋を出ると、再び別の二人が入ってくる。

アリューシャとフラウだ。

「一大事だと呼ばれて来てみれば、無様な姿だなトール殿。このようなていたらくでは、とても私と……なんてできないぞ！」

「ごにょごにょ言ってて分かんないわよ」

「恥ずかしくて堂々と言えるか！　エルフはフェアリーと違い、恥を知る種族だからな！」

「ちょっとそれどういう意味よ。またパンツ脱がすわよ」

「ひぇ、それだけは」

ヒューマンサイズのフラウがアリューシャににじり寄る。何しに来たんだお前達。

近くを漂っていたパン太が、違うだろとフラウの髪を引っ張る。

「そうそう、主様（あるじさま）に気合いを入れに来たんだった」

「あぶなかった。脱がされる所だった」

「どうせ今日も黒の紐（ひも）パンでしょ」

「わぁあああああっ！」

アリューシャは耳を押さえて両膝を屈する。

フラウは気にした様子はなく、俺をこてんと横にして膝枕した。

「えへぇ、一度コレしてみたかったんだ」

「そう言えばやりたいって言ってたな」

「うん。やっとフラウにもできた。言っておくけど、これくらいで満足しないでよね。もっともっと主様には、やってあげたいことがあるんだから」

顔を背けて恥ずかしそうに言う。

可愛(かわい)い奴隷はやはり可愛い。

フラウは両手で顔を隠したまま固まっているアリューシャを引きずって出て行く。フラウはともかくアリューシャは何しに来たのだろうか。

次に部屋に入ってきたのはヒューマンの青年だ。

あれ……もしかして魔族のピオーネか？　どうして角がないんだ??

「待ってるって言ったけど、来ちゃった」

「その姿……」

「これだよ。カエデさんにこれがあれば正体がばれないからって」

ピオーネは指にはめた偽装の指輪を見せる。

あー、そう言えば一つ余ってたな。六将軍ミリムが所有していた指輪。

ピオーネは何を思ったのか胸元のボタンを二つほど開けた。

「え!?　何を!?」

「えっと、ソアラさんがこうするとトールが喜ぶって」

ソアラ！　ピオーネに変なことを教えるなよ！

隙間から白い谷間が見える。彼女は俺の顔を抱き寄せ胸に埋(うず)めた。

「おおっ!!」

花のような甘い香りが鼻腔(びこう)を刺激して、すべすべした肌が気持ち良い。気力が急上昇する。思わず鼻息が荒くなってしまった。

「ボク、待ってるからね。会いに来てよ」

「約束したな」

「うん。君が来るのをボクもおじいちゃんも楽しみにしてるからね」

ピオーネが退室する。

最後に部屋に入ってきたのはカエデだった。彼女は静かに横になり、俺の足に頭を預けた。

「元気になられて良かったです。皆さんをお呼びした甲斐(かい)がありました」

「わざわざ連れてきてくれたのか」

「はい。ご主人様の為(ため)に、フラウさんと各地を飛び回りました」

「こんな短期間で……ありがとう」

さらさらの柔らかい白髪を撫でる。

目は閉じられ、白いまつげは気持ちよさそうに揺れていた。ゆらゆらと尻尾も揺れる。狐耳(きつねみみ)は垂れ下がり、もっと撫でて欲しいと主張している様に思える。

彼女のおかげで元気を取り戻した。

もちろん、まだ胸に空いた穴はある。

だが思い出したんだ。穴が空いた様に思えても、本当は多くの物が詰まっていると。失ったものはある、けれど手に入れた物はそれ以上だ。

カエデ、フラウ、パン太、ロー助、サメ子、そして旅で出会った多くの友人達。

「きっとご主人様にはもう一つ、貯蓄系スキルがあったのかもしれませんね」

「もう一つ？」

「幸せの貯蓄です」

確かにそうかもな。経験値貯蓄が割れたあの日、幸せをため込んだ貯蓄も割れていたのかもな。


一階に下りると、リビングやダイニングは混雑していた。

ダイニングでは、せわしなくフラウ、ネイ、ピオーネが食器を並べ、リビングではルーナがソファでだらけている。

台所へ行くと、カエデ、ソアラ、マリアンヌが調理中だった。

「ご主人様は先にお席に座っていてください」

「お、おお……」

そこそこ広い家だと思っていたが、こうなると手狭に感じる。しかも全員が若い女性となると、なんだか妙な感覚だな。どこに身を置けば良いのか分からなくて心細い。

ふわりとパン太がやってきて、俺の指をちょんちょんとつつく。

どうやら、なでなでしてもらいたいようだ。

「きゅう〜」

わしゃわしゃ撫でてやれば、パン太は気持ちよさそうにする。ここ数日、全く構ってやれていない。きっと寂しかったのだろう。

「きゅ？　きゅう！」

「まだやるのか」

手を止めると、もっともっととおねだりして俺の手をつんつんつついた。

相変わらずクッションみたいで柔らかく、触っているこっちが気持ちいいくらいだ。

「ただいま」

外から戻ってきたのはアリューシャ。

彼女はダイニングに入ってきて席に着いた。

「どこに行ってきたんだ？」

「すぐ近くだ。ヒューマンの村がどのようなものか見ておこうと思ってな」

「そう言えばお前、里の外に出たのは初めてか。ここは平凡でありふれた小さな村だから、特別なものなんて何もなかっただろ」

「そうだな、里とそれほど変わらない様に思えた」

アリューシャは「でも」と言葉を続ける。

「ここが特別じゃないなんてのは嘘(うそ)だ。わたしは感じるぞ、この地には大きく力強い精霊がいる。

こんなにも自然豊かで穏やかなのはそれが守護しているからだ」

「精霊？　ここにもいるのか？」

「残念ながらわたしには見えない。けれど、我が里と同じように多くの精霊がいることは確かだ」

竜眼を使用する。

すると周囲に無数の半透明な鳥、魚、トカゲ、鼠などがいた。それらは俺の視線に気が付き、部屋から散る様にして出て行く。今のがこの村にいる精霊達。

知らなかった、こんなにも沢山の精霊に囲まれていたなんて。

「精霊が守護する地は多くの恵みをもたらしてくれる。高位の精霊ともなれば、そこに住まう人すらも守ってくれるそうだ。トール殿がどれほど素晴らしい土地で生まれ育ったのか、このアリューシャには分かるぞ」

「へぇ、だから作物の実りが早いのかな」

皿を運んできたネイが話に加わる。

思い出してみれば、確かにこの村は作物の実りが早い。

不作もほとんどなく安定して生産が行えているのだ。

「ここは力のある土の精霊が治めていると思われる。近くに魔脈があればほぼ確実だろう」

「アリューシャってなんでも知ってるんだな。さすがはエルフ、アタシにもそんな頭の良さや美貌があれば良かったんだけどなぁ」

「羨ましいのはこっちだ。トール殿と幼なじみとは、おまけにライバルがこんなにもいたなんて計

「そこは激しく同意かな。カエデやフラウはともかく他にも強敵がいたなんて、前途多難というか
アタシっていつ報われるんだろうって感じだ」

ネイとアリューシャは揃って溜め息を吐く。

なんだ、お前ら仲いいのか。割と性格も似てるし話が合うのかもな。

ちょうどそこへカエデがやってくる。

「皆様、そろそろお食事にいたしましょうか」

「まってました！」

「フラウさん、皆さんが席に着くまで待っててくださいね」

「わ、わかってるわよ！　もうつまみ食いしないから！」

フラウは逃げる様にしてアリューシャのもとへと飛んで行く。

そうか、あれはつまみ食いだったのか。

実は先ほどからフラウを見かける度に、口がもぐもぐしているのを見ていた。

やり過ぎたのか怒られたようだ。

◇

ひたすらクワで土を掘り返す。時々、首にかけたタオルで額を拭った。

「おーい、トール。そっちが終わったら向こうな」

「相変わらず人使い荒いな」

「文句言うなよ。みんな頑張ってるんだぞ」

「そうでした。大人しく働きます」

ネイの指示に従いつつ次の作業に取りかかる。

ここは村一番の面積を誇るネイの家の畑。いつもは俺だけ働かされるのだが、今日はマリアンヌやルーナやピオーネも作業を手伝っていた。

「土に触れるのもたまにはいいですわね。程よく体がほぐれますわ」

「そだねー。それに野菜が実ってる所を見るのって、なんだか新鮮で気持ちが良いかも」

「ええ、屋敷に戻ったらお野菜を育ててみるのも、いいかもしれませんわ」

「名案だね。ルーナもお父様に頼んで庭園の一部をもらっちゃおうかな」

「お二人は向いてそうですね。ボクは生き物を育てるの苦手だから無理かなぁ」

作業着姿の三人は和気藹々（わきあいあい）とクワで畝（うね）を作っている。

三人共王族や貴族だが、意外にも様になっていた。

俺としても体を動かしている方が、余計なことを考えなくていいからありがたい。ようやく気力が戻ってきたんだ。もう寝込むようなことはしたくない。

「あぶっ」

いきなり視界に真っ白い物がぶつかる。

それから体に蛇のような長い物が巻き付いた。

「きゅう」

「しゃぁ」

「なんだお前らか」

パン太とロー助だ。外に出して遊ばせていたのだが、飽きて戻ってきたらしい。

ちなみにサメ子は小川で遊ばせている。

子供達に木の枝でつつかれていたが、まぁ大丈夫だろう。

唐突に目の前に文字が現れる。

《報告：スキル貯蓄が修復完了しました》

ようやく全ての貯蓄系スキルが修復完了したらしい。

次に壊れるのはいつになることやら。

「こっちに来てくれ。収穫するから」

ネイに呼ばれて俺達は実っている畑へと移動する。

そこでは真っ赤なトマトや濃い緑のキュウリが、瑞々(みずみず)しく垂れ下がっていた。

「美味しそうですわね」

「だろ、ウチの野菜は村で一番なんだ。さっさと収穫してお昼にしようぜ」

籠を持ってそれぞれ収穫に励む。

ぷちり、ちぎったトマトは艶やかに光を反射していた。

かぶりつけば水気が程よく甘味が強い。

「あ、こら！　つまみ食いするな！」

「やべっ」

ネイに見つかった。

「わっ、みつかっちゃった」

「だからもっと向こうで食べようって言ったんだよー」

隣を見れば、ピオーネとルーナが同様にトマトを齧っていた。

こいつらも食欲に負けたのか。

しょうがないよな。ここのトマトめちゃくちゃ美味そうなんだよ。

「ちょっと、昼食を持ってきたのに、あんた達なんで先に食べてるのよ。ちょっとフラウにも寄越しなさい」

どこからか飛んできたフラウが、ピオーネのトマトを奪う。

「ごしゅじんさま～、お昼をお持ちしました～」

「ありがとう」

遠くからカエデが手を振っている。

彼女の後ろには調理を手伝っていた面々が付いてきていた。

これでようやく休憩ができそうだ。

まぁ、作業はほとんど終わっていたが、ネイのことだから終わっても別の仕事を無理にでも探してきてやらせていたに違いない。

ネイはああ見えて、農作業の鬼なのだ。


「カエデさんはお料理がお上手なんですね」

「指導してくださったウララさんのおかげです。それでもまだまだですが」

ソアラがカエデの腕前を褒めている。

今日はサンドイッチだが、やはり見た目は不味そうだ。反して味は驚くほどに美味。

そう言えばマリアンヌの侍女であるウララを見ないな。以前はべったりくっついていたのに。

それとなく話を振ってみた。

「ウララは産休に入りましたの」

「えぇ!? 結婚してたのか!??」

「はい。言ってませんでしたか?」

聞いてないぞ。初耳だ。だから称号授与の時も見かけなかったのか。後でマリアンヌにはお祝いの品でも渡しておこう。

「ところでみんな、いつまでここにいるんだ」

「一ヶ月ほどでしょうか。他の方もきっと同じだと思いますわ」

俺なんかの為に、こんな遠い場所まで来てくれて本当に感謝しかない。

どのようなお礼をすればいいのだろうか。今さらながらにロアーヌ伯が悩んでいた気持ちが理解できた。

感謝を形にするのは、簡単なようで非常に難しい。

「みんな、俺の為にここまで来てくれてありがとう。この恩はいつか必ず返すから」

俺は改めて彼女達に頭を下げる。

それぞれが顔を見合ったかと思えば、何故か笑い始めた。

「むしろ恩を返しに来たのはこちらの方ですわ。それにわたくし達、漫遊旅団のメンバーですもの。リーダーの一大事に駆けつけるのは当然ですわ」

「いつのまに」

ぱきっ。

不意に聞き覚えのある音が聞こえた。

ぱきぱきぱき。

ガラスの割れるような音が俺の中で響く。

目の前に文字が表示された。

《報告：経験値貯蓄のＬｖが上限に達しましたので百倍となって支払われます》

《報告：スキル効果ＵＰの効果によって支払いが五十倍となりました》

《報告：Lvが3000となりました》

れべる……3000？

頭がおかしくなったのか。それとも単なる見間違いか。

うん、何度数えても3000。

「どうされましたか？」

「あのさ、レベルが3000になったんだけど」

「さすがはご主人様、またもや成長を遂げられたのですね」

「ちょっとカエデ！　少しは驚きなさいよ！　3000よ、3000！」

「でも、ご主人様ですから」

フラウのツッコみなど意に介した様子もなく、カエデは純粋に喜んでいるようだった。

一方、他のメンバーは唖然としている。

大口のまま固まっているネイの手元からサンドイッチが落ちた。

「トール君、3000とかやばいよ！　普通じゃないって！」

「やったなトール殿！　森の神に愛されているぞ！」

大騒ぎするのはルーナ、アリューシャ。

他のメンバーは呆れているようだった。

「トールだからなぁ」

「トールですし」

「トール様ですものね」

「トールだからしょうがないよ」

なんだよその、諦めは。まるで俺に常識がないみたいじゃないか。

やめろ、ジト目で見るな。

しかし、どんどん化け物じみてくるな。本気で気軽に力を振るえなくなってきた。少なくとも、まともに扱えるまで慣らしは必要だな。と言うか、できればリサとの戦いの前に壊れてもらいたかった。そうすればもっと余裕で倒せたのに。

まぁ、スキルに文句を言っても仕方ないのだが。

「ご主人様」

カエデにフォークで肉を差し出される。

彼女は何故か恥ずかしそうに顔を赤く染めていた。

「あの、ですね……あ～ん、をさせてください」

「な、んだと？」

「奴隷として、お世話がしたくて」

ごくり、唾を飲み込む。

正直に言おう。あ～んはやったことがない。

ある程度の経験がある俺だが、これは初体験だ。緊張して心臓が激しく鼓動する。

「あ、あ～んむっ」

「ご主人様が私の手から！」

ジューシーな鶏肉が美味。心なしかその味はより一層、価値のあるものに感じられた。

なんだろう、このこみ上げてくる喜びは。

そこで、ハッとする。

ずらりと並ぶ鶏肉。メンバー全員が笑顔で肉を俺に差し出していた。

「カエデさんだけ特別扱いはよろしくないですわよ？　トール様？」

「……はい」

その後、俺はひたすら肉を食べ続けた。

◆◆◆

じめじめした薄暗い地下牢。

まだ癒着させてそれほど経過していない、右肩がじくじく痛む。

だが、それ以上に僕を苦しめるのはトールに敗北したことだ。

魔剣を用い、鎧を身につけ、魔王であるリサの支援まで受けていた僕が、あっさりと、あっけなく、地に伏したんだ。

あり得ない。決して認められない。僕とトールとの間に越えられない壁があるなんて。

「トール、お前のせいだ、全部お前のせい」

「五月蠅いぞ！　静かにしろ！」

隣の部屋にいるジジイが怒鳴っている。

お前こそ黙れ。僕は考え事で忙しいんだ。殺すぞ。

じゃらりと手足にはめられた手錠と鎖が鳴る。

動きを制限するのは、遺物である拘束具。これらは身体能力を大きく低下させる効果も有している。防御力だけ変わらず、力はレベル10相当だ。鉄格子や壁を破壊して逃げ出すことも、看守の隙を見て鍵を奪い取ることもできない。

最悪で最低だ。この手錠さえなければ、すぐにでもこんな場所から逃げ出すというのに。

全部トールのせいだ。トールが僕を邪魔したから。

あいつさえいなければ。

かつかつかつ。じゃら。じゃらら。

看守がやってくる音だ。今日は足音が複数聞こえる。

鉄格子の前に数人の男が並んだ。

「この者がセインです」

「ふむ、これが陛下を殺し、多くの兵を斬り殺した裏切り者か。思っていたよりも顔はいいな」

「いかがいたしますか」

「身だしなみを整え小綺麗な服を着せてやれ。民衆が気分良く石を投げられる様にするのだ。こいつには我々貴族への不満も代わりに受けてもらう」

「はっ」

兵士が牢の中へ入り、僕の顔を拭いて髪に櫛を通す。

さらに貴族服を強引に着せられた。

「こいつ、抵抗するな！」

「うぐっ！」

兵士に殴られる。痛みはないが、屈辱的だ。

強引に立たされ、牢から出される。

「君にはしっかり役に立ってもらう。我々を本気で怒らせた代償は、払ってもらわねばならないからな」

ちくしょう。ちくしょうちくしょう。

今に見てろ、必ずここを抜け出し全ての奴らに復讐してやる。

チャンスを探すんだ。逃げ出すチャンスを。


「やめ、あげっ！　ぼくはゆうしゃ、あぎゃ！　止めろと言っている！　殺すぞお前ら!!」

四方八方から民によって石を投げつけられる。罵声が飛び僕を嘲笑った。

何度も魔眼の力で目に入る女共を取り込もうとしたが、スキルを封じられているせいか効果が及んだ気配はない。

野次馬の中には見覚えのある男共の姿もあった。僕に女を寝取られた奴らだ。殺意に満ちた目で投石する。だが、当たっても痛みはない。レベル100の僕に効くはずないのだ。

なのに、何故こいつらはこんなにも必死に石を投げようとするのか。寝取られた恨み？

馬鹿な。女なんていくらでもいる、さっさと次を作ればいいじゃないか。そうか、女を理由にして僕に嫉妬しているんだな。恵まれた僕が羨ましいんだろ。

「今ならまだ許してやれる。僕を解放しろ。すぐに。そうだな、僕が世界を手に入れた暁には君達を臣下としてとりたててもいい。これは僕の部下になれる最後の機会――止めろ、石を投げるな！」

くそっ、腹立たしい。僕を誰だと思っている。

セイン様だぞ。お前ら全員死刑にしてやる。

「そいつの舌を切り落とせ！」

「そーだそーだ！」

「舌だけじゃなくて、ぶら下げている物も切り落とすべきよ！」

「そーだそーだ!!」

飛び出す発言に血の気が引く。

こいつら正気か？　僕の舌やアレを切り落とすだと⁇

馬に乗った貴族が声に応えた。

「皆の怒りは理解できる。では今夜にも彼のフランクフルトソーセージを切り落とそう。おっと、サイズを間違えた。小さめのウィンナーソーセージだったな、失敬」

貴族のジョークに、民衆は腹を抱えてゲラゲラ笑う。

羞恥心で顔が熱くなり体が震えた。

よくも気にしていることを。

許さない、絶対に許さないからな。

「しかし、皆のもの。舌を切り落とすのは少々面白みに欠けるのではないか。裏切り者の許しを懇願する言葉が聞きたいはずだ」

民衆は賛同したらしく貴族に喝采を送った。

◆

刑罰が始まって数ヶ月が経過。僕は憔悴しきっていた。

連日、十時間以上の拷問。休んでいる間もひたすら悪夢にうなされる。

振り返るのは己の行為について。どうして失敗したのだろうか。もし次があるならもっと上手くやる。そんなことばかりが頭に浮かんだ。

かつかつかつ。じゃら。じゃらら。

聞き慣れた音にビクッと体が震える。

「今日で終わりだ。今までご苦労だった」

「おわり……？　おわりって？」

「言葉通りだ」

看守はそれ以上答えない。だからこそすでに答えは出ていた。

全身に震えが走り、足は恐怖で前に出ない。

嫌だ。どうして僕が。何も悪いことなんかしてないじゃないか。たったあれっぽっちの出来事で僕を死刑にするなんて世の中間違ってる。

誰か助けて。リサ、ネイ、ソアラ、トール。

僕ら友達だろ。裏切ったことを謝るからどうか許して。

死にたくないんだよぉおおお！

「止まるな、来い」

「お願いします、殺さないでください！　謝りますから！」

逃げようとするが、兵士が集まり僕を引きずる。

わぁぁああああっ！

千を越す見物人が周囲に押し寄せ、僕が登場したことに喜びの声をあげている。

僕は予想が現実となったことに愕然(がくぜん)とする。

そこにあったのは——処刑人と処刑台。

「止まるな。進め」

「ひぃ」

「ここで跪け」

「僕が間違っていました。だから命だけは」

台に首が据えられる。目の前には頭を受け止める為の籠が置いてあった。

僕の前であの貴族がしゃがみ込む。

「すまないな勇者様。ギロチンを使いたかったんだが、どうもレベル１００を超える相手には途中で刃が止まるようなんだ。だから古くさい処刑方法を行うことにした」

「お願いします。許してください。後悔してます。死にたくありません」

「はははっ、君は何を言っているんだ。もう許せるラインはとっくに超えているんだぞ」

「何でもします。だから殺さないでください」

僕は涙を流しながら懇願する。

今を逃せばもう助からない。なりふり構ってられない。

「では彼らに謝罪をしたまえ。期待を裏切り、信頼を裏切り、祖国を裏切り、ヒューマンを裏切ったことへの謝罪を」

民衆の怒りに満ちた顔がはっきりと目に入る。

彼らは殺せとコールしていた。目に宿るのは激しい憎悪。直視するだけで漏らしてしまいそうなすさまじい殺意だ。

そうだ、まだ諦めるには早い。

助かる道はきっとある。彼らを説得できれば。

「僕は、道を間違った。勇者であるにもかかわらず、祖国を裏切りヒューマンを裏切った。だけど、真実は違うんだ。僕は魔族と交渉し、君達の住みよい世界をなんとか作ろうと模索していた。信じて欲しい、僕は悪人じゃない。善人だ」

民衆が静まりかえる。

いける、所詮は馬鹿な奴らの集まりだ。丸め込むのは容易。

「詭弁だ！　俺は妻を奪われたぞ！」

「俺も彼女を寝取られた！」

「王様を殺したことはどうなるんだよ！」

「そいつに冒険者だった親友を殺されたぞ！」

「セイン、どうして私を捨てたの!?」

次々に声があがる。冷や汗が額から垂れた。

やめろ、こんな所でそんな発言をするんじゃない。

僕が殺されるだろうが。ふざけるなよ。

再び民衆の殺せコールが始まる。

「違う、あいつらの言っていることは全て嘘だ。僕を陥れようとしているんだ」

「そうなのか。そうは見えないが」

「頼む。いえ、頼みます。助けてください」

貴族は微笑む。気持ちが通じた、と希望を見た。

「お前の殺した騎士の中に私の弟がいた。だからこそ、私はこの役目を自ら買って出たのだ」

「ひぃ」

ここでようやく僕は理解した。

多くの者を裏切り続けたことで、完全に逃げ道がなくなっていたのだ。最初から逃れられるチャンスなど皆無。トールに負けた時点で詰んでいた。

「貴様の記録は歴史から抹消される。セイン、お前は最初からいなかったのだ」

「い、やだ、ぼくは死にたくない、ちゃんと謝るからころさないで」

「首を落としきるまで時間がかかるが、しっかり正気を保って死ぬんだぞ。大丈夫だ、元勇者の君なら耐えられる」

「あ、ああああああ」

貴族の声と共に斧が振り下ろされた。

活気のある大通りにカエデ達が目を輝かせる。
ここは村から比較的近い場所にある街。規模は小さいがそれなりの物は購入することができる。
「じゃ、アタシは野菜を売ってくるから」

「待ち合わせは入り口でいいよな」

「うん、問題なし」

ネイは野菜を積んだ荷車を引いていく。

手伝いとしてフラウとアリューシャとピオーネが同行した。

フェアリーとエルフがいれば、きっと物珍しさから売り上げも伸びることだろう。それにピオーネも柔らかい物腰で意外に押しが強い。三人がいればネイも大助かりのはずだ。

ちなみにだが、昔は俺もよく手伝っていた。

何故か売り上げが伸びなくて、結局ネイと野菜を囓りながら村に帰った覚えがある。懐かしい思い出だ。

「一緒に野菜を売ったのが昨日のようですね」

「そうだな。そう言えばソアラが一緒の時はよく売れたな」

「当然です。優しくて美人で胸の大きい私が、購入を勧めたのですよ」

「良い性格してるな」

そんなことを当たり前の様に言い放つのはお前くらいだ。

ほんとすっかり騙(だま)されてたよ。ネイなんか最初、ソアラに空き瓶で頭を殴られたとか言っても信じなかったからな。

今は本当の自分を見せてくれるので、これはこれで良かったのかもしれない。

ソアラがぐいっと俺の腕に腕を絡ませる。

「おい」

「いいではありませんか。いつもはカエデさんやフラウさんに譲っているのですから、たまにはご褒美があってもバチは当たらないはずです」

「まぁ、それもそうだな」

「トールは単純で助かりますね」

「聞こえない所で言ってくれ」

とりあえずいくつかのグループに分かれて行動することにする。

俺とソアラ。

カエデ。

マリアンヌとルーナ。

最終的に合流するだろうが、まずは各々行きたい場所を最優先する。

それとパン太はフラウに付いて行ったので、俺に同行するのはロー助だ。定期的に構ってやっているが、意外に寂しがり屋なので、できるだけ接する時間を多く取る様にしている。

「しゃ」

「なんだ、それが気になるのか」

「しゃあ！」

ロー助が露店の品をじっと見ている。

実際は目はないのだが、頭の向きなどでそう判断している。とにかく珍しくロー助が物に興味を示していた。

それは、どこにでもあるようなヤスリ。

もしかしてこれで体を擦ってもらいたいのだろうか。

ロー助の肉体はしなやかだが硬い。木に体を擦り付けても削れるのは木の方だ。ヤスリを購入して軽く頭部を擦ってみる。ロー助は嬉しそうに身をくねらせた。

「トール、ペットばかりを構ってはいけません。貴方の隣には、私という素晴らしき聖職者にして奴隷がいるのですよ。私を構いなさい」

「お前、奴隷じゃないだろ。あでっ」

ぎゅむ、足をおもいっきり踏みつけられる。

「まぁいいでしょう。それよりも貴方には言っておかなければならないことがあります」

「なんだよ急に」

「見ていて思ったのですが、ちゃんとカエデさんやフラウさんに感謝を示していますか？　適当にお礼を言って済ませているんじゃないですか？」

ソアラの言葉に、俺は眉をひそめて首を傾げる。

感謝を示す？　お礼を言うだけじゃだめなのか⁇

「はぁ、やっぱりですか。いいですかトール、女性にはこまめなケアを行ってあげなければなりません。ほんの些細な積み重ねが山となりのちのちに大きく影響するのです」

「つまり何が言いたいんだ」

「プレゼントです。この場合イベントでも構いませんが、人数を考えるとさすがに難しいので、ここは物で妥協しましょう」

「人数？」

カエデとフラウの話をしているんじゃなかったのか。

だが、単純に感謝を示すだけならカエデやフラウに限らないのか。マリアンヌやルーナやネイなんかにプレゼントで今までのお礼をする、うんうん、悪くない話だ。

「けど、女性に贈るプレゼントなんてなぁ」

「トール？　リサの時に私があれほど親切に指導したのを忘れたのでしょうか？」

やべっ、ソアラさんの目が怒りをにじませている。

「あれだろ、まずは女性に聞くべしってやつだ」

「そう、チョイスに自信がない人は、まずは親しい女性に相談をする。これを行うことで大惨事を免れる確率は格段に上がります」

「そうだ、それだ」

「やはり忘れてましたね！」

ほっぺを強くつねられた。

痛くないが痛い。暴力を振るう聖職者ってなんだよ。

とりあえず俺達は貴金属店へと立ち寄る。

「いいですかトール、女性は美しい光り物に弱いのです。多くの者は気持ちが大事、と綺麗事(きれいごと)を言いますが、安上がりでは気持ちはなかなか伝わりません。故に相応の身銭をきるのです。あ、私はこのネックレスで構いません」

「結局自分が欲しいだけなんじゃ……なんでもないです」

睨まれたので黙る。

余計なことは言ってはいけないようだ。

「ここで全員分の贈り物を購入しなさい。ちゃんと似合いそうな物を選ぶのですよ」

「でも、俺ってセンスがないし」

「その為に私がいるのではないですか。とりあえず自分で選んでみてください。そこからじっくり考えましょう」

先生のお言葉に従い、俺は一時間かけて全員分のプレゼントを選ぶ。

「これくらいでよしとしましょう」

「うーん、自信がないな。やっぱり貴金属じゃなくて、武具とか上等な肉にすれば良かった気がするが」

「肉をもらって喜ぶ女性はウチのメンバーにいないと思いますけど？」

そんなことないだろ。ネイとか喜びそうじゃないか。

第一、俺は肉をもらったら最高に嬉しいぞ。

「トールは誕生日の度に私達に肉を贈ってきましたが、それにはいい加減飽きました。それともあれですか、そろそろ肉の人とか呼ばれたいのですか？」

「それは遠慮したいな」

とりあえず並べられた貴金属を確認する。

宝石のはめ込まれた指輪。そのどれもが輝きに満ちている。特殊な加工が施されていて、サイズは自動調整されるそうだ。

「全員同じ石にしたけど、これで良かったのか？」

「バラバラですと不公平に感じてしまいますからね。肝心なのは何をもらったかではなく、誰にもらったかですから」

「さっきと言ってること違わないか」

「世の中には限度があるのです。好きな人に肉をもらって喜ぶ女は、聖職者である私くらいなものです。あ、肉はもう結構です」

よく分からん。だが、これで日頃の感謝を示せるなら安い物だ。

「それと」

ソアラは店主に頼んでとある物を出してもらった。

それは……最高級の奴隷用の首輪だ。

「カエデさんとフラウさんを、奴隷から解放されたそうですね。ですが、もう一度奴隷商に行って再契約することをお勧めします」

「もう一度二人を奴隷に？」

「二人共それを望んでいるはずです」

確かにカエデもフラウも奴隷のままでいい、みたいなことを言ってはいたが。果たしてそれは本音だったのだろうか。本当は解放されて喜んでいるとかじゃないのか。

すっ、ソアラが俺の頬に指で触れる。

「あの子達は信じても良いと思いますよ。リサとは違う」

「そうだな。なに迷ってんだ俺、はは」

ニコッと微笑んだソアラは、振りかぶって俺の頬をビンタした。

なんで？

なんで叩かれたんだ??

「ニヤけ顔に腹が立ちました」

「理不尽過ぎる」

俺はカエデとフラウの為に首輪を購入し、店主に包んでもらう。

二人が喜ぶといいのだが。

「カエデさんが羨ましいです。私は聖職者ですので、本当の意味で奴隷にはなれませんから」

「なんで奴隷になりたいんだよ」

「ふふ、さすが鈍感ですね」

「やめろ、杖で顔をぐりぐりするな」

ソアラはにっこりとして「貴方はそのままでいいのです」と呟いた。

「ごしゅじんさま～！」

道の先でカエデが手を振る。

どうやらマリアンヌ達とも合流して、残るは俺とソアラだけだったようだ。俺を目の前にしたカエデは、尻尾をぱたぱたさせ嬉しそうだった。

ほんの短い時間だったが、離れて寂しかったのだろうか。

「買い物はどうだった？」

「想像以上の品揃え（しなぞろ）の良さに驚きました。ご主人様の物も沢山買いましたから、あとでお見せいたしますね」

カエデの背負うリュックは大きく膨らんでいる。

マジックストレージを渡しておいたんだが、使わなかったようだ。それか、買い物に夢中になり過ぎてすっかり忘れてるのか。多分忘れてる方だろうな。

「マリアンヌの方は欲しいものは買えたか」

「はい。お父様とウララへのお土産も買えましたし、いくつか珍しい品も見つけましたので満足ですわ。ね、ルーナさん」

「そだねー。お風呂用のブラシに、お風呂用のサングラスに、お風呂用の――おっとと、これはトール君には見せられないや。乙女の秘密だよ」

乙女の秘密とは。

ルーナのバッグの中身が気になる。

「これからどういたしますか。ネイさんと合流しても良さそうな気はしますが」

「もしかしたら売れ行きが良くないかもしれない。こっちの用事は済んだんだ、手伝いに行ってやろう」

「賛成です。ネイさんにはお世話になっていますからね」

てことで、市場へと移動する。


「すごい人の数です」

「まさかあいつら、トラブルでも起こしたか」

ネイがいるだろう場所から声が聞こえる。

「押さない押さない！　野菜は逃げないから！　まいど！」

「ほう、貴様はこのキュウリを１０００で買いたいというのか。今回だけ特別だぞ」

「あんた達、ちゃんと並びなさいよ。じゃないと、売ってあげないんだから」

「どうぞトマトとナスビです。え？　ボクと握手ですか？　いいですよ、可愛いお嬢さんと触れあえるのはボクも嬉しいですから」

ごった返す市場の中で一際目立つ集団がいる。

そこには男女問わず人が集中し、歓声をあげていた。すさまじい熱気に近づける気がしない。

「はい、売り切れ！　散った散った！」

どうやら全て売れてしまったらしい。

人々は残念そうに帰って行く。

「よ、大繁盛だったみたいだな」

「大変だったよ。こんなに人が来るなんて、アタシも読み切れてなかった」

へとへとなのか、ネイは疲れた顔で足を開いて座り込む。一方、アリューシャ、フラウは夢見心地の表情だ。

「エルフはヒューマンに大人気なのだな。驚いた」

「いつもカエデが近くにいるから注目されないけど、フラウは超絶美少女フェアリーなのよ。ようやく本当の自分を思い出した気分だわ」

ピオーネは何故か困ったような顔をしている。

「そりゃあ男装してるから勘違いされるのも分かるけど、女の子ばかり寄ってくるとなんだか複雑だ……ボクには女の子らしい魅力がないのかな」

ピオーネ、元気を出せ。お前は頑張った。そして、ちゃんと可愛い女の子だ。

そう、気持ちを込めてピオーネの肩に手を乗せる。

「トール……うわぁぁ！」

「大丈夫、もう終わったんだ」

彼――じゃなくて、彼女の背中を軽くさすった。

「いやぁ、三人には助けられたよ。がっぽり儲（もう）かったし、これでしばらく家族にいい飯を食わせられそうだ」

「兄弟が多いと大変だな。あいつら育ち盛りだし」

「月の食費が半端なくてさぁ。なんとかアタシの仕送りでやってたんだけど、こうなっただろ、だからここでの稼ぎが良くないと後に響くんだよ」

「そっか、じゃあこれをお前にやるよ」

マジックストレージから革袋を取り出す。

どさり、重い音が響き、ネイは目を点にする。

「何これ」

「いらないアイテムだ」

「うそだ！　だってこれ、レアものばっかだぞ！」

「本当にいらない物なんだよ」

それらは狂戦士の谷のダンジョンで手に入れたアイテムだ。実はすっかり売り忘れていて放置していた。持っていても宝の持ち腐れ、世話になったネイにやるのが一番だろう。

みんなもそう思っているのか、納得した様に頷いている。

「ありがとう、トール」

「泣くなよ。どうせまた野菜をもらうんだ、先払いみたいなもんだろ」

「泣いてない！　やめろ、見るなよ！」

ネイはぐしぐし目を擦って、恥ずかしそうにした。

「じゃあ、昼飯でも食いに行くか」

「アタシがいい店知ってるから案内してやる」

荷物をまとめたネイは、荷車を引いて歩き出した。

のんびり話をしながら帰る、夕暮れ時。

ネイの引く荷台には、アリューシャとルーナとフラウが眠っていた。

「今日はいつも以上に楽しい一日でした。皆さんとずっとこうして暮らせたらいいのですが」

「カエデさんだけでなく、わたくし達も同じ気持ちですわ」

「ボクも一緒だよ。ここでの時間は穏やかで優しくて、もうこのままここで生活しちゃおうかなって思っちゃう」

マリアンヌとピオーネの言葉に、カエデは一瞬ぱぁぁと明るい顔になる。

が、すぐに寂しそうな表情となって尻尾がしゅんと垂れ下がった。

ぐりぐり。ソアラが杖で俺の脇腹を突く。

なんだよ？　え？　ああ、アレな。

「みんな、ちょっと話を聞いてくれ」

俺は前に出てメンバーの歩みを止める。

懐から包みを取り出し、それぞれの手に乗せた。

「ご主人様、これは？」

「開けてみてくれ」

がさごそ。包みを破って出てきたのは、木製の小箱。

開いた彼女達は目を丸くした。

「あの、日頃のお礼だ……受け取って欲しい」

「ご主人様」

夕日に照らされて、彼女達の手元にある指輪の宝石が輝く。カエデは指輪をはめると、泣きそうな顔で笑顔となった。

「トール様、これはそういうことなのですよね？」

「ん？　ああ、もちろんだ」

マリアンヌの言葉に俺は頷く。彼女達はわぁぁ、と嬉しそうに声をあげた。そう、感謝の気持ちだ。ソアラも指輪にするべきと言っていたからな。女性に贈るべきものとしては、最低ラインは満たしているはずだ。

しかし、知らなかったな。指輪が、友人に贈る品に最適だったとは。

てっきり恋人同士でしか贈り合わないものだと思い込んでいた。いや、今まで何度もアドバイスしてくれたソアラの言うことだ、間違いないはず。

「そうだ、それとカエデとフラウにはこれを」

別の包みを二人に渡す。

「これは……首輪ですか？」

「もう一度、俺の奴隷になってくれないか。嫌なら断ってくれてもいい」

「嬉しいです。またご主人様の奴隷になれるなんて」

カエデはぽろりと涙をこぼす。

首輪をはめると、自身の胸元に手を添えた。

「主従契約、してくださいね」

「ああ」

「ずっと一緒ですよ」

「ああ」

ぬっ、横からフラウが顔を出してびっくりした。

「ちょっと、フラウも首輪をはめたのにどうしてみてくれないの」

「すまん。よく似合ってるぞ」

「でしょ！　やっぱり偉大なる御方の奴隷にはフラウが適任よ！　撫でて！　頭をなでなでして、奴隷に戻って嬉しいって言って！」

「わかった。わかったから、頭を押しつけてくるな」

頭を撫でれば「たまんないわね！　大好き！」なんてフラウは満面の笑みだ。

がたっ。いきなり荷台にいたアリューシャが立ち上がる。

「トール殿！　どうしてわたしには首輪がないんだ！」

「いきなりどうした」

「ヒューマンはエルフを奴隷にしたがる！　ならば、トール殿もアリューシャを所有物にしたがるのは道理ではないか！」

「つまり奴隷にしろと？」

「は、恥ずかしいことを、わたしに言わせるな……」

いきなり勢いをなくして恥ずかしそうにする。

「ボクは奴隷になれないかなぁ、一応貴族だし」

「わたくしもですわ」

「そだねー。なってあげたいけど、王族だしお父様が泣きそうだから、できても主従契約が限界かなぁ」

貴族組も奴隷になりたそうではあるが、身分的な所でできないようだった。というかどうして奴隷になりたがるんだ。不思議でたまらないのだが。

「どうせまた集まるんだし、この機会にみんなで主従契約を結んでおけばいいよねー」

「そうですわね。既成事実は必要ですわ」

なんだなんだ、また集まるってどういう意味だ。俺の知らない所で集会か何かあるのか。カエデが俺の腕を掴んで引っ張る。

「ご主人様は私のご主人様ですから」

「カエデさん、抜けがけは卑怯（ひきょう）ですわよ。皆さん、捕まえて」

ひぇ、追いかけてくる!?

手を引くカエデは見惚(みと)れるような笑顔だった。

◇

村に戻ってもう間もなく一ヶ月を迎える頃。

とある考えを抱く様になった。

——このままこの村にいていいのだろうか?

もちろんいいに決まっている。だが、まだ俺の中でセインとリサを殺したことへの心の整理ができていなかった。本当にあの解決法しかなかったのだろうか。俺の下した判断は正しかったのだろうか。その答えはここでは出ない気がしていた。

「傾いてないか?」

「問題ないわ」

「きゅう」

壁に掛けた絵をフラウとパン太と眺める。

それは俺、カエデ、フラウ、パン太の肖像画だ。制作者はピオーネ。とても素人が描いたと思えないほどの出来。

カエデが通りかかり足を止める。

「あの時の絵ですね」

「ほんと上手だよな」

「フラウの胸は、こんなに小さくないと思うのよ」

「現実通りだと思うけど」

好意で描いてくれた絵にまでいちゃもん付けるな。

「ぎゃっ！」

「うわぁぁぁ」

家の中に叫び声が響く。リビングへ向かえば床に大きな穴が空いていた。

穴の近くにはピオーネが座り込んでいる。

「どうした」

「アリューシャさんが、穴に」

どうもアリューシャが床を踏み抜き落ちたらしい。たまたま近くにいたピオーネが一部始終を目撃し、腰が抜けてこの状態だそうだ。

底の方を覗(のぞ)いてみると、数メートル下でアリューシャがお尻をさすっていた。

「大丈夫か？」

「怪我(けが)はない。尻を強く打ったが。ここはなんなんだ。脆(もろ)そうな床だとは思っていたが、ちょっと力を込めて踏みつけただけで抜けてしまったぞ」

「人の家の床を踏み抜くなよ」

「ちが、本当に脆かったんだ！　それと、わたしが重いとかじゃないからな！」

こいつ何を言ってるんだ。体重の話とかしてないだろ。

ふと、穴の中に階段があるのに目が行く。穴自体も石造りで人工物であることが見て取れた。この家に地下があるなんて知らないのだが。

「よっ」

俺も穴の中に飛び込みアリューシャと合流する。

地下室は思ったよりも狭く、テーブルと椅子が置かれているだけだった。

テーブルには地図が一枚だけ。

父さん……いや、母さんの持ち物か？

地図を手に取ると俺は首を傾げる。

「なんだこの地図」

見たことのない大陸が描かれていた。俺達が暮らす大陸と全く形が違う大地。

大陸の中心部は赤いペンで丸く囲われている。

裏を見てみると『遥か遠き故郷』と書かれていた。母さんの文字だと思う。どことなく見覚えがあった。

ここが母さんの故郷なのか？

そう言えば生まれた場所とか育った所とか聞いたことがない。父さんについては南にあるラストリアだと記憶にあるのだが。

でも、この大陸はなんなんだ。ここ以外に陸地があるなんて聞いたこともない。

海の向こう——外海は、大地のない恐ろしい魔物がひしめく場所だ。

「ご主人様？」

「ああ、カエデか。これを見てくれ」

「向こうの大陸の地図!?」

「知ってるのか！」

俺は思わず彼女の両肩を摑んだ。カエデは申し訳なさそうに俺を見上げる。

「あの、ですね、実は私……」

「ん？」

「この大陸の出身じゃないんです」

お？　おおお？

ちょっと待て。てことは、この大陸は実在していて、カエデはそこから来た？

この地図を持ってた母さんも多分カエデと同じ場所から。

「黙っててすいません」

「いいよ。言い出し難かったのは分かるからさ」

「はい」

そこで俺はカエデが故郷に戻りたいのではないかと思い至る。

どういった経緯でこっちに来たのかは不明だが、俺がこの村に戻ってきた様に彼女だって生まれ故郷に戻りたいはずだ。

それに母さんが地図を残したことも気掛かりだった。

あえてこれをここに残したのは、俺にこの赤く囲んだ場所へ行ってもらいたかったからじゃないのか。夢の中の母さんも旅はここからだと言ってたじゃないか。

「カエデは、故郷に戻りたいか？」

「できれば……」

決まりだ。俺は海を越える。

最高に可愛くて頼りになる奴隷の故郷へ行く。

◇

玄関では荷物を背負った仲間が白い息を吐く。

最後に家を出た俺は、朝日の眩しさに目を細めながらドアを閉めた。

「もうちょいゆっくりしても良かったと思うけど。寂しくなるなぁ」

「そうですわね。でも、そろそろお父様も心配している頃ですし、戻るには適切なタイミングかもしれませんわ」

ネイとマリアンヌが言葉を交わす。

今日が期限の一ヶ月。

俺の為に集まってくれた彼女達も、それぞれの家へと戻らなければならない。ま、ネイとソアラはここに家があるので、離れる必要はないのだろうが。

俺とカエデとフラウは、彼女達を送った後にそのまま旅に出る。

目的はカエデを故郷へ送り届けることと、母さんが残した地図の意味を探ることだ。

ついでに父さんの故郷にも寄ってみようと考えている。向こうには父さんの兄がいるそうだが、実はまだ父さんが死んだことを伝えていない。

ウチは親戚とは疎遠で手紙のやりとりすらしない関係だ。

さすがにそろそろ知らせないと不味いかも、とまぁ思ったわけである。

「このまま解散とは寂しいですね。どうせならこのまま第一回女子宿泊会に突入するのはいかがでしょうか」

ソアラがさらりと提案する。

それにマリアンヌとルーナが反応した。

「ルーナはお父様に手紙を送ればいいだけだから、もう少し期間延長できるよー」

「宿泊と申しましても会場はどこに」

「そりゃあ、ロアーヌ伯爵のお屋敷だよー。おじ様女の子に優しいから、ちょっとお願いすれば快く数ヶ月宿泊を許してくれるよねー」

「貴方、お父様の人の良さにつけ込み過ぎではありませんか。でも、可能ではありますわね。他の皆様はいかがいたしますの」

マリアンヌの言葉に、アリューシャが頷きピオーネが挙手をする。

「こちらは問題ない。トール殿のおかげで里の防衛は完璧だからな」

「ボクももう少しだけなら」

トントン拍子で話はまとまり宿泊会が決定される。

ネイも参加するつもりらしく「荷物用意しないと」などとワクワクした様子で家へと駆けていく。

反対に参加できないカエデとフラウは、あわあわと彼女らの様子を見ていた。

「女子会いいなぁ。ねぇ主様、フラウ達も」

「そうです。ここは私達も参加しないと」

「あのなぁ、今からカエデの故郷を目指すんだろ。だいたい男の俺が女子会とやらに参加するなんておかしいだろ。置いていって欲しいなら話は別だが」

二人は慌てて撤回する。

カエデの故郷を目指すのにカエデを置いて行くなんて本末転倒だが、この旅はもう一度心の穴を埋め、母さんの残した地図の意味を探るものでもある。

俺一人でも行く意義は充分にある。

「わぁぁ、旅が楽しみ！　海を越えるんだぁ！」

「早く行きましょ！　ご主人様、今すぐにでも旅立ちを！」

明らかに目が向こうを羨ましいと言っている。

気持ちは分からなくもない。友人、それも年の近い同性の集まりは心が揺れるはずだ。この一ヶ月は本当に楽しかったしさ。

「アイナークの街まで送り届ける、でいいんだよな」

「いえ、トール達はそのまま旅立ってください。私達はマリアンヌさんが用意している馬車に乗って向かいます」

「でも、ほほへほほ?」

むにゅう、と何故か頬をつねられる。

「こちらには高レベル者も複数いますし、いざとなれば旅に慣れた者もいますので心配は無用です。それよりもトール、あまりよそ見をしてはいけませんよ。貴方にはすでに背負うべき多くの責任があるのですから」

「お、おお……責任?」

責任ってなんの責任だろう。時々ソアラって分かりづらい意味深なことを言うんだよな。

さらに頬をビンタされる。

「なんで叩く」

「旅の安全を願ってです」

割と普通の理由だった。

「まぁ、鈍感男の間抜け面にイラッとしただけですがね」

そんなことだろうと思ったよ!

マリアンヌ達に見送られながら故郷を旅立った。

エピローグ Epilogue

故郷の村を出た後、俺達(たち)は南下する。

向かう先はラストリア。ノーザスタルなどの小国を傘下に持つ大きな国だ。

海に面した国家でもあり、周辺国で唯一船を造る技術を有している。さらに観光名所も多く、ここでしか味わえない海鮮料理なるグルメが堪能できるそうだ。

ちなみにカエデとフラウの主従契約は済ませてある。

「再びご主人様の奴隷にしていただけるなんて。大切な物を取り戻した気分です」

「大げさだな。だいたい契約を結ぶと、俺に逆らえなくなるんだぞ。本当に良かったのか」

「それがいいんです。全てをご主人様に支配される、それこそが望みですから」

「時々カエデって、とんでもないことを平気で言うよな」

「そうでしょうか？」

カエデは、きょとんとした顔で俺を見る。

全てを支配されたいって普通の思考じゃないと思うが。けど、カエデらしくもある。今に始まったことじゃなかったな。

現在、俺達は森の中を進んでいる。道なりに進めばラストリアに入ることができるそうだ。

ぐいっとカエデに服を引っ張られる。

「あの、寄ってもらいたい所があるのですが、構いませんでしょうか」

「この辺りで立ち寄れるような場所とかなかったと思うけど」

「あそこへ行きましょう」

カエデが指さしたのは、遠くに見える断崖絶壁。

山と言うには小さく、岩と言うには大き過ぎる、自然が創り出した塔のような巨岩である。

あそこに何があると言うのだろうか。

「なにしてるのー！　もう行くわよー！」

「カエデが寄りたい所があるらしいんだ」

「え～、街で買い物したかったのに～」

「きゅう～」

フラウとパン太はしょんぼりする。


「遠くで見るより高いな」

「はい」

見上げる巨岩はそびえ立っている。

頂上には魔物の住み処（すか）があるらしく、上空を鳥の魔物が飛んでいた。

一体こんな所に何があると言うんだ。

「ありました！　私の鉄扇！」

カエデが草むらから汚れた鉄扇を摑みあげる。彼女は大切そうにその鉄扇を抱きしめた。

どうやらこれを見つける為にここへ来たようである。

「ご主人様は、私がどうして奴隷になったのか気にされていましたね」

「あ、ああ、教えてくれるのか？」

「フラウさん、私達を飛ばしてください」

「いいわよ。任せなさい」

妖精の粉を振りかけられ、俺達の体はふわりと浮かび上がる。

カエデを先頭に、ぐんぐん上昇した。

「どこまで行くつもりなんだ」

「頂上です。そこに、私が通った道があるはずです」

頂上に到着。草や木々が生い茂り、こんな所にも植物は生えるものなのか、と密かに感心してしまう。

「こっちです」

草を搔き分け進む。ほどなくして人工物のような物が目に入る。

それは円形の石の舞台。

中央には光を失った魔法陣があった。

「まさか転移魔法陣？」

「はい、ここを通って私はこちらへと来ました」

カエデはしゃがんで魔法陣に触れる。

「だめですね。やはり魔力が切れています。恐らく私が通ったことで、全ての魔力を使い果たしてしまったのでしょう」

「魔脈の上にはないのか」

「この魔法陣は魔力を貯蔵して使用するタイプ、今まで見た魔法陣とは少し違います」

へぇ、そんな物まであるのか。

さすがは古代種、いろんなものを残しているんだな。

「でも、魔力を補充してやれば使えるんだろ。だったら俺が満タンまで注ぎ込んでやれば――」

しかし、彼女は首を横に振る。

「転移魔法陣は片方だけ起動しても意味はありません。向こうとこちら側の魔法陣が起動して、初めて移動を可能にするのです。向こう側の魔法陣も魔力が切れかけていました、私が通るのがやっとだったはずです」

「ちなみにどこへ、通じていたんだ?」

俺の質問に、カエデはすぐには返答せず逡巡(しゅんじゅん)する。

「私の故郷、です」

絞り出す様に言った言葉はごくごく普通のものだった。

だが、彼女の穏やかではない雰囲気に、多くの意味が含まれていることに気が付く。

カエデは普通のビースト族じゃない、それは今まで見てきて分かっている。だとすると彼女の故郷も普通ではないのかもしれない。

「よく分からないんだけど、どうしてカエデはその魔法陣を通ってこっちに来たの？　どうして奴隷になったの？　不明な点が多過ぎるんだけど」

「それは――故郷が危機的状況に陥り、私だけこの魔法陣で逃されたからです。ですが、レベルの低かった私は、この岩山を下りることに失敗し半ばで落下、気を失った私を奴隷商が拾いました」

その際に持っていた鉄扇を落とし、カエデはずっと気に病んでいたらしい。

「すまない、もっと早くに事情を聞いていれば」

「いいんです。私のことよりもご主人様のことを優先すべきだと決めていましたから。それにこれが戻ってきて私は満足しています」

彼女はぽつりと「母の形見なんです」と。

それを聞いて俺はカエデを引き寄せて抱きしめた。

「その、必ず故郷に送り届けてやるからさ。魔法陣がなくても行けるんだよな」

「海を渡れば、ですが構わないのですか？　最悪ここへは戻ってこられないかもしれませんよ」

「馬鹿じゃないの。主様(あるじさま)もフラウもあんたには、ずっとずっと感謝してるんだから。この期に及んで迷惑かけられないとか、冗談じゃないわ、迷惑かけなさいよ家族みたいなものでしょ」

「フラウさん」

カエデは嬉(うれ)しさからなのか涙を流した。

そうだとも、フラウの言う通りだ。俺達はカエデに感謝している。俺なんか、彼女がいなければここにはいなかったかもしれない。だから、もう我慢しなくていいんだ。

俺がお前の全てを助けてやる。

望むのなら、どこまでも連れて行ってやるよ。

◇

「あれがラストリアの王都、予想より大きいわね」

「きゅう、きゅきゅ！」

「はぁぁ？　甘い物が食べたいって？　仕方ないわね、フラウのお小遣いから出してあげるわよ」

パン太に乗ったフラウがふわふわ先を進む。

ここから見えるのは海辺に広がるラストリアの王都。噂に聞く通り、ずいぶんと栄えているようだ。潮風と言うのだろうか、風に乗って変わった香りが鼻に届く。

「ご主人様、あれが海でしょうか」

「多分な。しかし本当に広くてデカいんだな」

高い位置にいるおかげで街を一望でき、その向こうに広がる海を見ることができた。

馬鹿でかい水たまりなんて聞いたことがあったが、本当にその通りだ。しかも青くてキラキラ輝いている。父さんが『海はロマンだ』とか言っていたが、その意味を今なら理解できそうだ。

海とはそれ自体がロマンなんだ。

「ラストリアには父さんの実家があるんだ」

「ではご主人様のお父様は、あの海を見て育ったのですね」

「そうなる。つっても、伯父さん——兄とは仲が悪かったみたいで、すっかり疎遠になっているんだよな」

一度だけ家族で会いに行ったらしいが、その時の記憶はほとんどない。

なんとなくぼんやりと覚えているのは、父さんと誰かが言い争っている光景。俺は怯（おび）えて母さんの後ろに隠れていたような気がする。

多分相手は伯父さん、なのだろうな。おぼろげで顔は思い出せないが。

「ねぇ、主様。フラウ達はこれからなんて名乗ればいいの？」

「そう言えば、もう漫遊旅団ではないのですよね」

指摘されてハッとした。

パーティー名をどうするべきか。漫遊旅団のままは不味（まず）いよな。アルマン王には、解散すると言ったし。ふわふわとフラウを乗せたパン太が目の前を通る。

パン太。白パン。白い毛玉。極上のもふもふ。

「極上毛玉団でいいんじゃないか」

「可愛（かわい）らしくて良いと思います。さすがご主人様」

「相変わらず主様のネーミングはひどいわね」

「きゅう」

割といいできだと思うんだが。

そんなに俺ってネーミングセンスないのか？

街に入った俺達は、人の目も気にせずキョロキョロする。

気温が高い為か薄着の人が多い。女性なんかは下着かと勘違いするような布面積の少なさ。目のやり処に困りそうだ。

「ご主人様、あそこなんてどうでしょうか」

「いいな。あの店で食事にしよう」

入ったのはテラス席のある食事処。

適当に注文してまずは運ばれた飲み物で喉を潤す。

「ぶはぁ、昼間に飲む酒は美味いな」

「少し前にも同じこと言ってなかった？」

「気のせいだろ。泡が出る水を飲んだ覚えはあるが」

エールって名前の水だった気がするな。

「お疲れではありませんか？」

「あれくらい問題ないよ。それでも半分以上吸い取られたがな」

実はカエデが通ってきたと言う魔法陣に魔力を流し込んだのだ。

こちらの魔法陣が起動していれば、もう一方の魔法陣でこちらにいつでも戻ってこられる……はずだ。

もちろんカエデの故郷にあると言う魔法陣が健在であれば、の話ではあるが。

「わぁぁぁ！　なかなかいいじゃないここの料理！」

「きゅう！」

テーブルに料理が運ばれる。

ずらりと並ぶのは魚介類をふんだんに使ったご馳走（ちそう）だ。スパゲッティの上に乗った、ハサミのある海老（えび）が美味そうだ。フォークでぐるぐる巻きにしてスパゲッティを頬張る。

トマトの甘味と酸味が脳みそを殴る。

激うま。こんなに興奮する料理は初めてかもしれない。

「ねぇ、そのお父さんの実家ってどこにあるか知ってるの？」

「いいや、忘れた。来たと言っても、なんせ六歳くらいの話だからな。そもそも向こうも俺を覚えているかどうかすら怪しい」

「でしたら聞き込みをしないといけませんね」

「まだこの街に住んでるといいが」

俺ももう二十五歳。そろそろきちんと一族と向き合うべきだろう。

それにこれは両親のことを知る良い機会にもなるはずだ。俺は父さんや母さんのことを何も知らない。二人は全くと言っていいほど過去を語らなかったのだ。

「綺麗(きれい)な馬車ね。貴族かしら」

真横を装飾が施された馬車が通る。車を引くのは白い馬、貴族の所有する馬車だろう。俺とは無縁の代物だ。

だが、馬車はすぐに停車した。

下りてきたのは金髪をオールバックにした中年の男性。

五十代だろうか。顔には深い皺(しわ)と立派な髭(ひげ)がある。

「そこの君」

何故(なぜ)か俺に声をかける。

「名を聞かせてもらえまいか」

「トール。トール・エイバンだ」

「やはり！」

男はいきなり俺を抱擁する。突然のことで頭の中は疑問符で埋め尽くされた。

なんなんだこのおっさん。いきなり馴(な)れ馴(な)れしいのだが。

「何十年も前だ、私の顔など覚えていまい」

「あんた、誰なんだ」

「ケイオス・エイバン」

彼は、俺の伯父だった。

◇

馬車は屋敷へと入り停車する。先に下りたのはケイオスだ。

馬車を下りて屋敷を見上げる。三階建ての建物。

グリジットにある俺の屋敷よりもデカい。

エイバンが貴族だったなんて知らなかった。忘れていた、と言った方がこの場合は正しいのか？

幼い頃に聞いたハズなんだ。けど、俺はそのことをすっかり忘れていた。

「入りたまえ」

ケイオスの案内で屋敷の中へ。エントランスには、ドレスを着た赤毛の中年女性がいた。女性は彼に軽く一礼し、俺達に目を向ける。

「そちらの方々は？」

「甥（おい）のトールだ。以前に会っただろう」

「そう……あの時の子供」

「話をするので外してくれ」

妻なのだろう、彼女は俺を鋭く睨（にら）んでから足早に奥へと消えた。

書斎らしき部屋に案内され、俺達はソファに座る。ケイオスは何故かデスク側へと腰を下ろした。

対面に座るものだと思っていたのだが。

「よく来たなトール。顔が弟そっくりだったので、一瞬見間違えたほどだ」

「らしいな。俺はそこまで似てないと思っているんだが、それでどうしてここまで連れて来たんだ」

「よそよそしいじゃないか。もっと伯父と甥らしく話さないか」

「一度しか会ったことないんだから当然だろ。ところで父さんが死んだこと知ってるか？」

ケイオスは目を大きく開く。

動揺が顔に出ていた。

「やっぱり知らないよな。伝えてないし」

「死んだのか……いつ？」

「俺が十五の時に」

彼は目元を押さえて深く息を吐く。

「母親は？」

「揃って死んだよ」

それからしばらくうつむいて沈黙した。よほどショックだったのだろう。

そんなにも父を想ってくれていたのなら、便りの一つでも寄越してくれれば良かったのだ。そうであれば俺だって今頃になって報告に来ることはなかった。

「私は、ルオリクと最後まで和解できなかったのか。すまない。本当にすまない。あんなことをするべきじゃなかった」

伯父は深く頭を下げて、ここにはいない父へ謝罪し続ける。

かつて父と彼が揉めたことはぼんやりと記憶しているが、それがなんだったのかははっきりと思い出せない。

「伯父さん、教えてくれないか。何があったのか」

「……聞いていないのか？　ルオリクとミスティから」

「母さんも関係しているのか？」

「そうだな。子供に聞かせる話ではなかっただろうな。私の口から語るのは非常に心苦しいが、二人がどうしても伝えられなかったことを代わりに伝えるとしよう。君には知る権利がある」

伯父は移動し、向かいのソファに座った。

しばし沈黙が横たわり、ケイオスは静かに口を開く。

そして、ぽつりぽつりと話を始めた。

「ミスティと出会ったのは、この街の海岸だった――」

それはいつもと変わらない日のことだった。
「散歩に行かないか」

「また海岸かい」

「そう言うなよ。海を見るのは兄さんも好きだろ」

「ふっ、どうせルオリクは水着の女性を見たいだけだろ」

「ばれたか」

ルオリクは笑顔でそう言う。

私の弟は昔から分け隔てなく人に愛される性格の持ち主だった。

父も母も私も、この少々――いや、かなり馬鹿な弟が大好きだった。お人好し(ひとよ)だが自分に正直で、それでいて妙に勘の鋭い弟が。

私は本を閉じ、いつもの様に海へと出かける。

私達は、この国、この街をとても誇らしく感じていた。

その象徴とも言えるのが青く美しい海だ。

悲しい時も、嬉しい時も、いつだって海を見ていた。


「なぁ、兄さん」

「なんだ」

「いつまでこうして二人で海を見られるんだろうな」

ルオリクの言葉に、私はすぐには返事ができなかった。

いずれ私も弟もそれぞれの道を進まねばならない。私は当主へ。ルオリクも屋敷を出なければならなくなるだろう。

恐らくこうしていつでも海を見ることはできなくなる。

だが、幸い我々は貴族の家に生まれた。エイバン家の名を使えば、職を見つけるのは容易だ。王宮に仕えることだって可能だろう。

弟は私に劣るが剣の腕はいい、宮廷騎士になることも不可能ではない。

「誰か倒れてる！」

「なんだと！」

ルオリクと私は立ち上がり海岸を走る。

彼が水際に倒れていた女性を抱き上げた。それは黒髪のドレス姿の女性。容姿はとてもではないが美しいとは言えなかった。

「息をしていない！　すぐに蘇生法を！」

「しかし、見ず知らずの女性と口づけなど」

「じゃあ兄さんは胸を押してくれ！　俺が息を吹き込む！」

弟は迷うことなく女性の口に口を重ねた。

私は遅れながらも胸に手を当て、繰り返し肋骨を圧迫する。

正直、この女はもう助からないと思っていた。どこから流されてきたのかは知らないが、近くに船も見当たらない。

水死体がたまたま打ち上げられた程度に感じていた。

「げほげほっ」

「やった、息を吹き返したぞ！」

水を吐き出した女性に私は心底驚いた。

弟は勘が鋭い、もしかするとまだ助けられると本能で察したのかもしれない。

女性は体温の低下が著しくがたがた震え始めた。ルオリクは女性を抱きかかえ屋敷へと向かってしまう。

残された私は弟のいつものお人好しに呆れ、溜め息を吐いた。

◆

女性には記憶がなかった。

どこから来たのか、何故溺れていたのかも覚えていなかったのだ。

弟は彼女を『ミスティ』と名付け甲斐甲斐しく面倒を見た。

そのおかげもあって数日で立ち上がれるまでに回復、一週間が経過する頃には普通の生活を送れるまでになっていた。

そして、ミスティは屋敷で働くこととなった。

どこかの令嬢かもしれないと、両親も私も働かせることには反対したのだが、ミスティは頑なに働きたいと主張した。

ルオリクもリハビリになると彼女の意見には賛成だった。

何かの拍子に記憶が戻るかもしれないと、私達はルオリクに説得された。

「ケイオス様は本がお好きなのですね」

「ああ」

「もしよろしければ私にも貸していただけないでしょうか」

「構わないが、女性には少々難しいかもしれない。それよりも母上の蔵書の方が君には向いているだろう」

「あちらは……もう読み終わりました」

私は非常に驚いた。母の蔵書は恋愛小説ばかりだが、その数は軽く百を超える。

まだこの屋敷に来て一ヶ月も経たない彼女が全てを読み終えるなど、とてもではないが信じられなかった。

半信半疑で本を読むことを許可した。

◆

「ふんふ～ん」

「ミスティ」

メイド服で窓を拭く彼女に私は声をかけた。

本を貸し出す様になって一週間。本当に読んでいるのか、私はふと気になったのだ。

「なんでしょうかケイオス様」

「ルペネの著書『亜人とヒューマン』について聞かせてもらいたい」

「あれですか、えっとですね、率直に申し上げますとあの著者は大きな勘違いをなされているかと。そもそも『人』とは古代種のみを指し、それ以外は全て亜人です。何故ヒューマンを中心に、物事を判断しようとするのかが理解できませんでした」

「どうしてそう思う」

「最初に自らを『人』と称したのは古代種だからです」

この時初めて私は、ミスティをはっきりと見たような気がした。

面白い。私は彼女に強い興味を抱いた。

今までどんな女にも面白みを感じなかった私が、彼女にだけは心惹かれるのが分かった。

そして、さらに驚くべきことに、彼女はたった三日で私の蔵書を全て読み終えていたのだ。

◆

彼女は質問の度に、斬新な返答をした。

時には私の抱いていた常識を砕くこともあった。いつしか夢中になっていた。

私は本を買う度に彼女へ貸し出した。返却されると本の間にはいつも手紙が添えられ、感謝の言葉が綴(つづ)られていたのだ。

数ヶ月が経過した頃、私は妻にするなら彼女だと確信していた。

「ルオリク、ミスティについて話があるんだが――」

ドアを開けた先にあった光景に、私は愕然(がくぜん)とした。

ルオリクがミスティとキスをしていたのだ。私に見せたことのない恍惚(こうこつ)とした表情。弟もかつてないほど幸せそうな顔をしていた。

二人は私に気が付き動揺する。

「兄さんか。驚いたよ」

「ルオリク……ミスティとは……」

「ああ、彼女とは近々結婚する予定なんだ」

「ご報告が遅れて申し訳ありません」

私は一気に絶望へと突き落とされた。遅かったのだ。ルオリクは彼女の魅力に気が付いていた。恐らく助けたあの日から。

「兄さん……？」

「ルオリク、お前には失望した」

「なっ!?」

私は手袋を弟の胸に投げつけた。決闘の申し込みだ。

ルオリクは私に一度も試合で勝ったことはない。それを分かっていてあえて申し込んだ。

卑怯、なのだろうな。だが、それほどまでに私はミスティを欲していた。

「勝った方がミスティを得るものとする」

「嘘だよな、兄さん」

「本気だ。貴様もエイバン家に生まれた者なら正々堂々勝負を受けろ」

「にい、さん……」

私は、弟の目を見られなかった。

正々堂々だと、我ながらよく言えたものだ。負けないと確信がある上で、弟からミスティを取り上げようとしている。この勝負で私が勝利すれば、ルオリクは屋敷を出て行くことだろう。

私は、長年共に育った弟よりも女をとろうとしているのだ。

だがしかし、彼女はそれだけの価値がある。

彼女だけは私を理解し、真に愛してくれることだろう。

彼女だけを私は愛することができる。

彼女こそが、私と添い遂げる存在なのだ。

「私がいけなかったのでしょうか。私がこの屋敷に来てしまったから」

ミスティはすとん、と膝から崩れる様に座り込む。

青ざめた顔は見るに堪えなかった。

今は悲しいだろう。けれど、私が必ず幸せにして見せる。私と君との間にできる子は、きっと優秀だ。君も後になって知るはず、馬鹿な弟と結ばれなくてよかったと。

「分かったよ。この決闘受けて立つ」

ルオリクは手袋を拾い上げる。

私は背を向け「明日行う。準備をしておけ」とだけ伝えた。

見せられなかったのだ。

嬉しさに笑みを浮かべていたこの顔を。

◆

がしゃん。私の剣が地面に転がった。腕からは血が滴り、紅い華を咲かせる。

見下ろすのは冷たい目。何故だ、何故こうなった。まさか隠していたのか。本当の実力を。

貴様、わざと私に負けていたのか。

ざぁぁぁあ。

降り始めた雨が、私とルオリクの体を濡らす。

「兄さん、ごめん」

「ルオリク……まて、ミスティを」

「さようなら」

弟は剣を投げ捨て、ミスティと連れ立って去って行く。

私はその背中を黙って見送るしかなかった。

◆

それからの私は自暴自棄になった。

ミスティと弟を失い、後悔の念が己を責め続けた。

ほどなくして父が亡くなり、私が当主となった。さすがの私もこのままではいけないと立ち直り、それまで酒浸りだった己を改めた。

私がしっかりしなければエイバン家が潰えてしまう、その一念のみで働き続けたのだ。

その後、母のお膳立てした縁談により妻を娶ることとなった。

気が付けば私も子をなし、両手に生まれた長男を抱いていた。

私は父親となったのだ。

少しずつだが、二人のことを思い出す時間も少なくなっていた。


「――ルオリクが戻ってきた？」

妻の報告を受けて私は我が耳を疑った。

いくら馬鹿な弟でも、あれだけのことがあっておめおめと戻ってこられるはずはない。だとしたら、覚悟を決めてでもしなければならない、大きな報告があるはず。

嫌な予感を抱いた。

会いたくない、とさえ思ったほどだ。

しかし、当主である私が弟と会わないわけにはいかない。

それに……ミスティが一緒なら、己の気持ちに整理がつくかもしれない。あれからもう何年も過ぎた。彼女も年をとったはずだ。現実を知れば、この気持ちと決別できるはずだ。

頼む、あの頃の姿で現れてくれるな。

老いて醜くなっていてくれ。

私はもう、君を諦めたいんだ。

だが、エントランスにいた二人は、私の心臓を鷲掴(わしづか)みにした。

「兄さん！」

「ルオリク……にミスティ」

私は二人の前に現れたことを後悔した。

ルオリクは年相応に老けていたが、ミスティはより美しさが増していた。再び嫉妬するほどに。

あの頃の気持ちが色鮮やかに思い出される。

「子供ができたんだ。だから、報告にと」

「お久しぶりです。ケイオス様」

「ああ、二人とも久しいな」

私は拳を握りしめて怒りを飲み込んだ。二人の前に立つと、老いた母が見知らぬ子供の頭を撫(な)でていることに気が付く。

「ケイオス、この子がトールですよ」

「おじさん……だれ？」

どこか両親に似た顔。名はトール。エイバンの血を引く私の甥だ。

ルオリクとミスティの子供。

私は無意識に剣に手を伸ばしていた。

「やめろ！　何をするつもりだ！」

「あぐぅ！」

ルオリクに殴られ、私は床に尻餅をつく。ミスティは子供を庇う様に後ろへ隠した。

「消えてくれ。頼む、もう私の前に現れないでくれ」

「兄さん……」

「金輪際、お前とは縁を切る。故に私を兄と呼ぶな。二度とここへも来るな」

「分かったよ」

ルオリクとミスティは子供を連れて去って行く。

母は怒り狂っていたが、私は正しい判断をしたと思った。

そうしなければきっと私の精神が保たなかっただろう。

「――私はずっと後悔していた。私が強い人間であれば。ミスティに恋心を抱かなければ。ルオリクはもっと幸せに生きることができた。全て私の罪だ」

ケイオスは目を伏せ、己の弱さを吐露する。

深い後悔にまみれた男、俺にはそんな風に映った。

「あのさ、多分だけど父さんも母さんも、伯父さんのことを恨んじゃいなかったと思うんだ。もしそうなら会いに来ようとはしなかったはずだ」

「しかし、私は縁を切るなどと酷い言葉を投げつけてしまった」

「その方がお互いの為だと考えたんだろ。二人共分かっていたはずさ。それに、父さんも母さんも一度だけあんたのことを話してくれた」

「私のことを？」

思い出したんだ。

あの日の帰り道、父さんと母さんが言った言葉を。

『トール、伯父さんを恨まないでくれ。あの人は何も悪くないんだ』

『ケイオス様は人よりも愛情が深い方なのです。運悪く、私のような女に気持ちが向かってしまった。あの方もお辛いのです』

二人は、寂しそうに俺にそう言ったんだ。

ケイオスは突然立ち上がり、部屋を出てしまった。

聞こえるのは嗚咽。

ようやく父さんと母さんの気持ちが伝わった気がした。

◇

伯父さんの計らいにより、屋敷で過ごす様になって数日。

特にやることもなく、暇を持て余した俺達は観光も兼ねて度々買い物へ出かけていた。

「ご主人様、この生き物はなんと言うのですか」

「満月リスだな。満月の見える夜に凶暴化するんだが、それ以外は大人しくてよく懐いてくれる人気のペットだ」

「へぇ、あんた可愛いくせに凶暴なのね」

籠の中のリスは、のぞき込むカエデとフラウに首を傾げる。

二人とも興味津々で楽しそうだ。反対に不機嫌になるのはパン太である。落ち着きなく空中でくるくる円を描く。

「どこかの白パンより、このリスの方が断然世話のし甲斐がありそうよね」

「きゅう!?」

「パン太さんはすっかりフラウさんにとられてしまいましたし、私も近くにおける可愛らしい生き物が欲しいですね」

「きゅううっ!?!?」

パン太は目をうるうるさせて二人に必死で体を擦り付ける。

まるで『捨てないで』と訴えかけているようだった。

「あははは、冗談よ！　あんたの代わりなんているわけないでしょ！」

「きゅう〜」

「リス、悪くないですね」

「きゅ!?」

カエデは本気でリスを飼うことを考えていたらしく、慌ててパン太はカエデの腕の中に収まる。

露骨に甘えて見せリスから意識を逸らそうとしていた。

「考えてみれば、パン太さんほど可愛らしく触り心地の良い方はいませんでしたね。それにきちんと役に立ってくれる方でないと仲間に迎えられませんし」

「ペットってだけじゃ同行はさせられないかもな。パン太は人を乗せられるし、戦おうと思えばそれなりにできるからな」

「きゅきゅ！」

そうだそうだ、とパン太が声をあげる。

とは言えそろそろ新しい仲間を加えたい、とは思っていたりするのだ。

もちろんここで言う仲間とは人ではない。どちらかと言えば戦闘ができて乗り物として利用できる生き物のことだ。

実はセインが乗っていた黒いワイバーン、密かに憧れていたのだ。

乗るならパン太もいるわけだが、基本的にフラウとべったりだし、男の俺が堂々と乗るにはちょっと見た目も問題だ。

ここらでテイムマスターの真価を発揮するのも悪くない話である。

「こんな所にいたのか。探したぞ」

「お、ビル」

ビルはケイオスの息子——俺の従兄弟だ。口と態度は悪いが、実は意外に良い奴。しっかり教育を受けているおかげで知識も豊富で、気遣いもできてそこそこ面倒見も良かったりする。

どうやら彼は俺達を探していたようだ。

「お前達に会いたいとおっしゃる方がいてな。すでに屋敷で待っておられる」

「こっちに知り合いなんていなかったと思うが」

「いいから来い。いつまでも待たせるわけにはいかないんだ」

と言うわけで、急いで屋敷へと戻ることに。


「もっとムキムキの大男を想像していたが、見た目はごくごく普通なのだな」

「はぁ……？」

応接室で面会した老年の男性は、会うなり体をペタペタ触る。

上質且つ落ち着いたデザインの貴族服に品の良さそうな顔立ち。上位の貴族なのは見れば分かるが、やはり彼に見覚えはなかった。

部屋にはケイオスの他に、老人が連れて来たであろう二人の騎士がいた。

「とある情報筋から貴公らがここにいると耳にしてな。いても立ってもいられず、こうして直接出向いたわけだ。それで今は、なんと名乗っておるのだ」

このじいさん、俺達の正体に気が付いている。

ケイオスにすら明かしてないのにどうして漫遊旅団だとばれた？

「とにかく座りたまえ。折り入って話があるのだ」

促され腰を下ろす。

老人はケイオスの横に座り、足を組んでにっこりと微笑(ほほえ)む。

「では、話をさせてもらおう。えーっと、なんと言ったか」

「極上毛玉団だ」

「ずいぶんと可愛らしいパーティーネームだな」

「大した用じゃないなら帰ってくれ。こっちは買い物の途中だったんだぞ」

彼は黒々とした髭を撫でながら用件を伝える。

「君達には海を渡ってもらいたい」

海を渡る……？

突然の要望に困惑する。カエデの件もあるので非常に興味のある話ではあるが、何を目的にそのようなことを言っているのかが気になった。

「諸君は未知の大陸があるとしたらどう思うだろうか」

「と言うと？」

「長らくこの地に暮らす我々は大地が一つだけだと信じてきた。とは言っても、海に面したラストリア人に関して言えば、そのような認識はないのだがな」

老人は懐からとある羊皮紙を出す。広げて見せたそこには、こちらにない地形や名称が記載されていた。俺の持つ大陸地図の一部分の拡大だと予想する。僅かに重なる部分があったからだ。

しかしこんなものどうやって手に入れたのか。

「希にだが海流に乗って物などが流れ着く。それらには外の世界の物も含まれているのだ。実を言えばラストリアがここまで発展したのも、それらを理解し量産したからなのだ」

「外の世界の方が、知識や技術が進んでいる……？」

「そう、儂が言いたいのはまさにそこだ。外の世界にはここよりも優れた文明が形成されているのは間違いない。そこで依頼をしたいのだ」

騎士がテーブルにみっちり膨らんだ革袋を三つ置いた。

音から貨幣であることは分かったが、外からではいくらあるのかは見当も付かない。老人はお茶を一口含み、カップを置いた。

「前金だ。依頼内容は主に二つ。派遣する調査団の護衛、こちらに関しては行きと帰りだけで良い。それと交流可能な国があるか探ってもらいたい」

「そんなのどこで判断するんだ」

「簡単だ。君と友人になれる種族はすべからく我々も友人になれる可能性がある。ああ、できれば良い情報を握る友人を作ってくれたまえよ」

つまり俺達に余所の大陸でぶらついてこいって言ってるのか。

で、友達を作って存分に交流してこいと?

怪しい、このじいさんめちゃくちゃ怪しい。何者なんだ。

「なんで俺達にこんなことを頼むんだ」

「もちろん実力を見込んでのこと。以前より儂は外の世界に強い興味を抱いておった。これまで幾度となく調査団を派遣したのだ。しかし、ことごとく彼らは帰ってこなかった」

老人は魔王を倒した俺達ならば、外海を越えることができるのではと考えたようだ。

海に生息する魔物は陸地よりも格段に強い。レッドドラゴンを軽く超える化け物がうようよしている、なんて噂をよく耳にする。

その上を船で通るのだ。沈められない方が奇跡じゃないか。

帰ってこなくて当然。たとえ向こうに着いても帰るのを諦めるかもしれない。

ただ、彼の予想通り、俺達なら話は変わる。

今や俺は、レベル3000だ。

さらに手元には、ブルードラゴンを軽く仕留めるサメ子がいる。行って帰って来られる確率は高い、と思う。

しかし、問題はその大陸がどこにあるかだ。

位置を探る手がかりが何一つない。

「一つ聞くが、どうやってここへたどり着かせるつもりだ。方角とか分かってるのか」

俺は羊皮紙の地図に描かれた大地を指さす。

「おおよその見当は付いている。障害は魔物だけなのだ」

老人は『受けてくれるか』と目で返事を求める。

本音を言えばまさに渡りに船だった。

カエデの故郷に行く予定だったし、ここで船に乗せてもらえるのは運が良い。

「この依頼、引き受けてやる」

「おおっ！　その言葉を待っていた！」

「報酬はちゃんともらうからな」

老人は望んだ答えを聞いて満面の笑みとなった。

こっちとしても良い話だ。船は用意してくれるし、海を知る船乗りもいる。わざわざ用意する必要がなくなってむしろ感謝したいくらい。

ま、本当に越えられるかどうか、難題はまだあるのだが。

話がまとまった所で老人は話題を変えた。

「ところで君はエイバン侯の甥という話ではないか、いやはや元を辿れば我が国の民であったとは。どうだケイオス、彼を次期当主にしてはどうだ」

「お忘れかもしれませんが、私にはすでにビルがおります」

「そうか、そうだったな。今の話は忘れてくれ」

じいさんとケイオスとの会話を聞きながら正体を考える。どうやら相当に力を持つ人物らしい。

一体何者なんだ。謎が深まる。

「ねぇ、カエデ。多分主様分かってないわよ」

「アルマンの時とは状況が違いますからね。仕方ないのかもしれません」

なんだ、何が分かってないんだ??


「見送りご苦労。では後日、また会おう」

「お気を付けてお帰りください陛下」

「うむ」

話が終わり、老人は表に停(と)めてある馬車へと向かう。

見送るのはケイオスと俺達だ。

「おっと、いかんいかん」

老人は馬車へ乗り込む直前で振り返った。

「この依頼は以前のパーティーに依頼するものとする。くれぐれも名乗り間違いはなきよう頼むぞ」

「おい。聞いてないぞ、そんな話」

「今、伝えた。ではまたな」

馬車に乗り込んだ彼は屋敷を後にする。

おいおい、解散したパーティーへの依頼だったのかよ。そりゃあ漫遊旅団として雇う方が、色々都合は良いかもしれないが。とにかく受けた以上は以前のパーティーを復活させるしかない。

アルマン王には、後でメッセージを送って謝るとしよう。

「……あれ、陛下って呼ばれてたよな？」

「ほら、やっぱり気づいてなかった」

「仕方ありません。ご主人様ですから。ですが、そんな所も素敵です」

「カエデって一部だけ振り切れてるわよね」

そっか、あのじいさんラストリアの国王だったのか。

じゃあ俺達のことを知っててもおかしくないよな。アルマンの王様とラストリアの王様が仲が良いってのはよく聞くし。どっかで俺の名前や特徴を教えたんだろう。

正体が分かったのですっきりした。

◇

『港に奇妙な船が流れ着いた。ぜひ君の力を借りたい』

ケイオスはそう言って俺達を呼んだ。

ただちに港に向かった俺は、その意味を到着と同時に理解する。

「あれが流れ着いた船か」

「そうだ」

港には多くの人が集まっており、俺達と同様にじっと眺めている。

船は遥(はる)か沖にあり、大きさはかなりのものだと推測できる。表面は金属製なのか鈍く光を反射し、マストや帆はなかった。

どうやって動くのかまるで分からない。

ラストリアの船は全てが木造船、動力は風かオールである。それらと比べるとあまりにも異質に感じた。あえて言うなら、オリジナルゴーレムに似た感じがする。

「中に人は？」

「動きがないことから恐らく人はいないだろう」

「もしかして、俺に頼みたいことって」

「あれの調査をしてきてもらいたい。凶暴な魔物がいる可能性もあるからな」

十中八九、あれは船型の遺跡だろう。たまたま海流に乗って流れ着いた、と考えるのが妥当だ。しかし、よく今まで沈まずにあったものだ。もしかして相当に頑丈なのか。

「もう一点、できれば今も動くかどうか調べてもらいたい」

「あんたも俺と同じことを考えているんだな」

「ああ、あれで外海を渡れるか知りたい」

ケイオスは「陛下に報告に行く、後は頼んだぞ」と港を去った。

さて、調査に行くとするか。

「フラウ、頼む」

「言われなくても分かってるわよ！」

妖精の粉を振りかけ、俺達は空へ一気に舞い上がる。海面すれすれを飛びつつ目的の船へと近づいた。

「ずいぶんと汚れていますね。人の気配もなく不気味です」

「ざっと見て百メートル以上はありそうだな」

大型船はぎぎぎぎ、ときしむような音を立てて漂っていた。

中央辺りには小さな塔のような物があり、窓らしきものが上と下に並んでいる。ただし、窓部分は酷く汚れていて中を覗くことはできなかった。

「鑑定スキルに反応はあったか？」

「やはり人はいないようです。それと魔物を数匹確認できました」

「奥に人がいるかもしれない。入って捜索しよう」

甲板へと足を着ける。

鳥の糞や海藻や魚の死骸などが靴に付着した。とてもではないが人がいる雰囲気ではない。どれほど海を彷徨っていたのだろうか。

刻印からパン太とロー助を出す。

「手分けして探索を行う。フラウとパン太、ロー助は船上の敵を排除、カエデと俺は中を調べる」

「了解よ」「きゅう！」「しゃあ！」

がこん。ドアを開けて船の中へと入る。

中は密閉されていたようでかなり綺麗だ。金属製の通路が奥へと続いていた。

「明かりを」

カエデが魔法で照明を創る。通路の壁には複数の扉があった。

「魔物の反応は？」

「ありません。中にはいないようですね」

がちゃり。ドアを開ける。何もない個室、突然放置された……と言うわけではなさそうだ。

他のドアを開けてみるが、やはりそこには何もなく空っぽだった。

「ご主人様、こっちに物が！」

「どれどれ」

カエデが入った部屋には、金属製の箱が積み重なっていた。

一つを下ろして蓋を開けてみる。

「……小瓶？」

「全てハイポーションのようですね」

「まじかよ」

ハイポーションが十二本も入った箱なんて、聞いたこともないぞ。

さらに下の箱を開けてみると、同様に最上級解毒薬十二本、最上級解呪薬十二本、それと酒らしき瓶が数本。開けて飲んでみると、芳醇な味わいにほわほわする。今まで飲んだどんな酒よりも美味い酒だ。これ一本でどれほどの値段が付くのか考えるだけで恐ろしくなる。

なんせどれほど彷徨っていたか分からない船なのだ。

とりあえずマジックストレージに入れておく。

廊下に出て再び進めば、上に通じる階段を見つけた。

「ここは何をする部屋でしょうか」

塔のような建物の最上部へと上がる。

そこには石版のような物が二列に並び、まるで斜めに傾いたテーブルのようだった。

石版の表面に触れれば、突然ピコンと音を発する。一斉に全ての石版から音が発せられ、表面に薄緑色の絵のような物が表示された。

「これは……現在地を示しているのでしょうか」

「おいおいまさか、動くのか、これ」

「大きなゴーレムと思えば納得できなくもないかと」

カエデの言葉にハッとする。

そうだよ、これはきっと船型のゴーレムなんだ。動力はよく分からんが、古代の技術で凪なんかなくとも動いていたに違いない。

「ですが何故急に反応したのでしょうか」

「俺が龍人だからか？　ゴーレムの時も反応してたしな」

「だとしたらこの船がここへ来たのも、ご主人様に引き寄せられてでしょうか」

「それは……考え過ぎだろ」

石版に文字が表示されていることに気が付く。

『この場所に停泊いたしますか？』

YESとNOが出ていたので、YESを押す。船が少し揺れた。

錨（いかり）を下ろしたのだろうか。しかし、これで船が流される心配はなくなったと考えて良さそうだ。

「壊れている感じはありませんし、どうして放置されていたのでしょうか」

「さぁな、おおかた眠らせていたのが、何かの拍子で流されたとかじゃないのか」

「なるほど。その可能性もありますね」

船内が綺麗過ぎるのもそう考えれば説明できそうだ。

ただ、この船で外海に出るには掃除をしないとダメだろうな。船内はともかく外は汚過ぎて、とてもではないがこのまま使う気にはなれない。

カエデの魔法で高圧洗浄するとすっきりするはずだ。

とりあえず部屋を後にして下へと行くことにした。


「真っ暗ですね」

階段を下りた先は真っ暗。

カエデの魔法で周囲を照らすが、闇が濃過ぎて光が広がらない。

この感じ、覚えがある。あれはアンデッドの巣窟だった狂戦士の谷のダンジョンだ。

すぐに竜眼を発動させ警戒する。

おおおおおっ。

地の底から響くような声。通路の奥には黒い靄のような人型がいた。

上位のアンデッド、シャドウだ。

混乱や麻痺などを引き起こす魔法を使用し、主に闇や氷の魔法を操る。さらに物理的な障害物をすり抜け、取り憑いた相手を廃人化させる厄介な魔物だ。

だが、今の俺には敵ではない。瞬時に距離を詰め、シャドウの頭部を拳で打ち抜く。闇は霧散し、船内が僅かに明るくなった。

「まだ複数いるようですね」

「だったら目先の掃除をしておくか」

カエデの鑑定スキルを頼りに、シャドウを始末する。

十五匹ほど退治した所で船内から闇は完全に消失した。


「――――また酒か」

「こっちはガラクタばかりですね。鑑定スキルで用途は分かるのですが、肝心の使用方法が不明なのでなんとも」

俺達は部屋に入り、再び金属製の箱を見つけた。

カエデが漁っている箱を覗くと、確かによく分からない物がごっちゃりと詰め込まれていた。

お、これはもしかして双眼鏡か。

部屋の中にある円い窓から外を覗いてみる。遠くにあった港がすぐ近くにまで迫り、ふらつく酔っ払いの顔の皺まで見えた。

こいつはすごい、今までの望遠鏡なんて玩具のようだ。

「あと使えそうなのは……急速湯沸かし器とか虫除けライトとかですね」

「遺物にも色々あるんだな」

部屋を出てさらに下へと向かう。

一応、寝室もあるらしく三段ベッドや二段ベッドがあった。

それと動力室と記載された部屋には、心臓のような馬鹿でかい臓器が動いていて、すぐに退室した。あそこには誰も入らせない方がいいな。

そして、施錠されたドアへと至る。

「今までのドアとは雰囲気が違いますね」

「いかにも何かありそうだな。もしかするとここは貴重品を納める部屋なのかもしれない」

てことで早速針金を取り出す。

鍵穴に突っ込み、グランドシーフを発動。数秒で施錠は解かれドアは開いた。

「これは……」

「大発見ですよ、ご主人様！」

喜ぶカエデに俺も表情を緩める。

部屋には眷獣（けんじゅう）の卵が一つ収められていた。

◇

ゴシゴシ。ブシャァァアア。

ブラシで程よく擦り、水魔法で表面を吹き飛ばす。

俺の魔法でも穴が空かないことから、やはりこの船体は相当に堅いことが分かる。

ほどほどに綺麗になった所で、別の場所の作業は進んでいるか確認する為に、ひょいと見下ろした。

船の至る所で船員がブラシで掃除をしている。カエデやフラウの姿もあり、船は見違える様にピカピカになっていた。鈍い鉄色のボディ、寄せてくる波にもビクともせず堂々たる姿で海に浮かぶ。

まさに男のロマンを形にしたような物体。

早く動く姿を見たくてずっとそわそわしている。

ちなみにこの船の所有者は俺だが、所属はラストリアということになっている。管理維持を行うのはこの国なわけだし、そこについては異論はない。

それと、船を掃除している間にアルマン王からメッセージが届いた。

『新大陸探索の件、ラストリア王より聞き及んでいる。貴公は称号を返上した身だが、我が国の所属であることに変わりない。要望があればいつでも言って欲しい、最大限協力をするつもりだ。大きな発見を期待している　アルマン王』

こうなるともう逃げられない。

魔王討伐に次ぐ、一大計画にまで発展している雰囲気をひしひしと感じる。

実際、この船を手に入れてからラストリア国内は、外海探索計画の話で持ちきりだ。今までほぼ不可能だと思われてきた往復が、この船の登場でほぼ確実と認識されてしまったのだ。

加えて船型の遺跡も今回初めて確認された。注目を浴びるのは当然である。

「主様、外も中も掃除が完了したみたいよ！」

「報告ありがとう」

掃除の次は、物資の積み込みだ。まだまだゆっくり休めない。

「これで全部だろうな」

「間違いねぇっス」

船乗り達の声が港で飛び交う。

荷物を積んだ船が次々に動き出した。向かうは沖に停泊中の遺跡船。

双眼鏡を覗けば、紐（ひも）で荷物を吊（つ）り上げる作業員の様子が窺（うかが）えた。

「もうすぐですね」

「ここまで二週間、ずいぶんとかかったな」

「仕方ありません。元々の計画に大きな変更が加えられたのですから」

ラストリア王の立てた元々の計画は、最大三十五名しか参加できなかった。

しかし、遺跡船の登場によりさらなる増員が可能となったのだ。そこで計画に大きく変更を加え、規模を大きくしたのである。

おかげで船の中には医療室もあれば食堂もある。

一応だが、俺がいない間に船の管理を行う船長もいる。

「おーい」

パン太に乗ったフラウが遺跡船より戻る。

「積み込み終わったらしいわよ！」

「きゅう！」

これでいつでも出発できる。

タイミング良く港に二台の馬車が到着した。

ケイオスとラストリア王。

「ふむ、やはり何度見ても壮観だな。古代種による失われし技術で建造された古(いにしえ)の船、あれならば確実に外海を渡ることができよう」

「陛下は遠征で得られた成果によっては、君に爵位と領地を与えるとおっしゃっている。君はアルマンの所属だが、この計画が我が国主導であることを決して忘れてはいけないぞ」

ケイオスの言葉に国王は満足そうに頷く。

気が付けば、アルマンとラストリアの板挟み状態。

どちらの国も新大陸から持ち帰る成果を欲している。物によっては国力が大きく変わるのだから、こうなるのは当たり前と言えば当たり前だ。

まぁ、俺には判別つかないだろうし、適当に二つの国に渡すとしよう。

案外大した物なんてなかったりするかもな。

「明後日、早朝に出発だ。準備はしっかりしておく様に」

国王の最後の確認に俺達は頷いた。

◇

まだ日が昇らない時間帯。俺達はエイバン家の玄関を出た。

本日、ラストリア国主導の外海調査計画が始まるのだ。

「ご主人様」

「ん？」

外ではケイオスが待っていた。やけに穏やかな表情が気になる。

「行くのか」

「ああ」

「ミスティがどこから流れてきたのか、君は確かめるんだろうね」

彼は後ろ手のまま薄暗い空を見上げる。

「私は今になって考えるのだ、彼女は記憶を失っていなかったのではと」

「どういう意味だ」

「外の世界には、我々も想像しないような何か大きな秘密がある気がする。彼女はそれを教えたくなくて記憶喪失のフリをしていたのではと思うのだ」

「秘密ね……考え過ぎじゃないのか」

「そうだといいのだが。すまないね、引き留めてしまって」

ケイオスは「君の帰りをいつでも待っている」と肩を叩いた。


夜明けの沖に、明かりの灯る船があった。

遺跡船『ルオリク号』である。海が好きだった父の名前をそのまま使ったのだ。ケイオスもとても喜んでくれた。

縄ばしごを上り甲板へ。そこには船長と船員、総勢三十名が整列していた。

「トール様、準備はできております」

「では取りかかってくれ」

黒髭の船長が頷いて船員に合図を送る。

縄ばしごが取り込まれ、発進を知らせる音が船から鳴らされた。

錨が引き上げられ船が静かに動き始める。

すでに船長と船員は船の操作方法を習得している。まだ慣れない部分もあるが、動かすだけなら問題ないレベルだ。

船は進み港から少しずつ離れて行く。

「とうとう出発しましたね、ご主人様」

「しばらく……帰ってこられないだろうな」

「里のみんな羨ましがるだろうね。なんてったって外の世界だもの。誰も見たことのない景色を見られるなんて最高ね」

「きゅう！」

そう、これから行くのは未知の領域。ワクワクが止まらない。

ロマンに溢れ過ぎている。

「あ、ご主人様！」

カエデの声と同時に、東に太陽が顔を見せる。

眩い黄金の光に目を細めた。

見上げる空は、オレンジ色から濃い青へとグラデーションができていた。

カエデはそっと俺の腕に腕を絡ませる。

「どこまでも一緒です、ご主人様」

「行こう。新大陸へ」

「れっつごー」

「きゅう！」

この海の向こうに俺達の新しい旅が待っている。

アスモデウでの日々

ムゲンのじいさんと決闘をした二日後。あくびをしながら宿の廊下を歩く。

すっかりこの女性優遇宿にも慣れて、女性客とすれ違うくらいではなんとも思わない図太さができていた。

それでも時々、下着姿の客を見るとどぎまぎしてしまうが。

鏡付きの洗面台で歯を磨いて顔を洗い、タオルを首に掛けて部屋へと戻る。

「あ、トール」

「どうしたこんな朝早くから」

偶然出会ったピオーネに軽く挨拶する。

現在の彼女は男装ではなく、緩めのシャツとぴっちりしたハーフパンツを穿（は）いていた。

部屋着のまま出てきたのだろうか。だが、常に人前に出られるような貴族らしい格好をしている彼女が、今日だけ油断してしまったなんて思えない。

「これからカエデさんの部屋で柔軟体操をするんだ。トールもどうかな」

「ふーん、そっかそっか」

逃げようとすると、ガッと腕を摑（つか）まれた。

ちらっと窺（うかが）えば、彼女はニタァと笑みを浮かべていた。

「もしかしてトール、体が硬かったりする？」

「ソンナコトハナイ」

「じゃあ目を合わせられるよね」

誤魔化すのは無理そうだ。こいつ意外に勘が鋭い。

彼女の指摘する通り俺の体は非常に硬い。柔軟体操も嫌いではないが苦手だ。嘘、大嫌いだ。あの肉体が引っ張られる感じと痛みがダメだ。

「あれだけ偉そうに戦闘についてべらべら喋ってたのに、柔軟が苦手ってことはないよね。一人前の戦士ならきちんと体のメンテをしてるもんね」

「……そうだな、体が硬いと故障の原因にもなるからな」

「だよね！　トールも一緒に柔軟頑張ろうねっ！」

柔軟体操に参加するしかなくなり、大人しく付いて行くことに。

部屋に入れば、すでにラフな格好のカエデがベッドを隅に避け、美しいまでの開脚を行っていた。

「ご主人様も参加されるのですか」

「たまにはと思って。フラウとパン太の姿が見えないが」

「買い物に行かれたのでは。購入したいお菓子があると言ってましたので」

また甘い物か。ウチのフェアリーは食いしん坊だな。

しかし、魔族の菓子は俺も興味をそそられる。もし珍しいものだったら少し分けてもらおう。

「それでは初めは上半身の伸びから」

「うん」

「こうか？」

床に膝を立て、ぐっと背伸びをする猫のような体勢となる。

正面にカエデがいるのだが、ここから見ると形の良いおっぱいが床で潰され、大きめの襟から白い谷間が丸見えだった。あと、意識に留めていなかったが、カエデのぴっちりしたシャツはうっすら下着が透けて見えていた。

こ、これは柔らかくできないかも……。

「トール、固いよ。もっと柔らかく伸びをしなくちゃ」

「分かってる。分かってるんだよ」

勝手に固くなるんだ。俺だって柔らかくしようと努力している。

なんとか上半身のほぐしが終わり下半身へと移る。

カエデとピオーネがばっと大胆に足を開き、開脚したまま上半身を前方へ倒して見せた。

ピオーネも固そうに見えて柔らかいんだな。反対に俺ときたら、開脚も碌にできず上体もほとんど前に倒せない。

「ご主人様……」

「トール……」

「そんな目で見るな。できないものはできないんだよ」

正面に来たピオーネに両腕を引っ張られながら、両足を両足で広げられる。

さらに後ろからカエデが体重を掛けて上体を前方に倒す。

「いだだだ、いだい！　股が、股がさけりゅぅううう!!」

「うるさいな、もう」

「ちゃんと息を吐いてくださいね。力むと余計に痛いですから」

力むなって無理あんだろ。

目の前にはがばっと開いたピオーネの股。背後からはカエデの胸が当たり耳元に吐息がかかる。

固くなるよ。男の子だもん。

「かなり開いてきたね」

「な、なんとか」

「それでは本格的に広げましょうか」

「うん。そうしよっか」

本格的？　な、何を言ってるんだ二人共。もう充分本格的じゃないか。

のしっ、とカエデが後ろから両太ももに足を乗せ、強引に俺の股を広げようとする。前方にいるピオーネも力を込めて上体を引き抜かんばかりに両腕を引っ張った。

「ひぎぃいいいいい、裂けちゃう！　裂けちゃう!!」

「力を抜いてください。まだまだ序の口ですよ」

「頑張ってトール」

痛過ぎる。こんなの人の耐えられる痛みじゃない。

きっと股から裂けて俺は真っ二つになるのだ。そうに違いない。ほら、どんどん開いてる。これは裂けてる証拠だ。ひぃ。

「このくらいが限界ですかね」

「だね。それでもかなり柔らかくなったかな」

二人から解放され、俺は自分の大きく開いた股をまじまじと見た。

相変わらず痛みはあるが、ずいぶんと股間回りが柔らかくなった気がする。

なんだ裂けてなかったのか。しかしながら、こうして目に見えて成果があるとやる気も出るものだな。もうちょいだけ続けてみようって思える。

「今度はご主人様が押してください」

「任せろ」

開脚したカエデの背中をグッと押す。細く小さい背中は抵抗もなく前に倒れ、彼女の上体は床にぺたんとくっついてしまった。シャツがずり上がりカエデの細いくびれが露出する。白いふわふわの尻尾が顔に当たって気持ちいい。

なんだか俺が押す意味がないな。カエデの体は柔らかすぎる。

「ご主人様の手が、私の背中に」

カエデは恍惚（こうこつ）とした表情でほんの少し息を荒くする。柔軟をしているだけなのだが、いけないことをしているような気分になるのは何故（なぜ）なのだろうか。

「トール、ボクもお願い」

カエデほどではないが彼女もかなり柔らかい。布越しだがすべすべした感触があって、ゆっくりぐっと押せば「トールがボクに触れてる。ボクを押してる」と興奮した様子だった。

「ご主人様、次は私に」

「その後はまたボクを押してね」

二人とも柔らかすぎてサポートの必要性を全く感じられないのだが。

疑問を抱きつつ背中を押し続けた。

ピオーネに呼び出された俺はムゲンの屋敷へと訪れていた。

じいさんは俺を見るなり露骨に眉をひそめる。

「ピオーネよ、わしはお前だけを呼んだはずだが」

「人手は多い方がいいでしょ。特にトールみたいな男手は大歓迎だよね」

「うむ、しかし……仕方がない。二人に作業させるか」

じいさんは俺達(たち)をとある部屋に案内する。

そこは剣や鎧(よろい)や書類がみっしり収められた倉庫のような部屋だった。

「ここはわしの思い出の品々を収めている部屋じゃ。定期的に掃除をしておるのだが、最近になって腰の調子が悪くてな。しばらくできておらん」

「ピオーネじゃなく、部下に頼めばいいんじゃ」

「ん？　可愛い孫に頼み事をしてはいけないのか？」

　ぎろりとじいさんが睨む。

　普通のことを言っただけなのだが、どうして怒られるのか。

「ボク達に任せてよ。おじいちゃんの大切な品は綺麗にするから」

「おおお、ピオーネは本当に立派じゃな。では頼むとしよう。それから、中には厄介な代物もある。気をつけて掃除をするんだぞ」

　じいさんは目尻を下げてニコニコしながら去って行く。その歩みは明らかに健康そのもの。腰が痛いなんて嘘だ。

　ピオーネは袖をまくり上げ、どこからか雑巾を持ってくる。

「頑張ろうね！　ちゃんと報酬も出るからさ！」

「そういうことなら」

　俺達は布で口元を覆い、はたきでまずは埃を飛ばす。ひたすら地味な作業で眠くなりそうだ。掃除苦手なんだけどな。

「ここにある物ってどれも相当に古いな」

「三百年以上生きてるからね。それにおじいちゃん、物持ちいいから」

「この大きな箱は？」

　俺は埃をかぶった大きな箱を見つける。

赤を基調としたデザインで金細工が施されずいぶんと豪華な印象だ。貴金属を入れるには大きすぎる。武具を入れる箱だろうか。それでも大きい気がする。

蓋を開けてみれば中は空っぽ。面白そうな物があると思ったのだが、残念。

「あ、うわわ!?」

椅子に立って作業をしていたピオーネが、足を滑らせバランスを崩す。彼女に抱きつかれ、勢いのまま二人揃って箱の中へ。蓋の閉まる音が聞こえた。

「ご、ごめんね。うっかり足を滑らせちゃったみたいで」

「怪我はないか？　頭を打ったとか？」

「うん。大丈夫。トールは怪我はない？」

「少し尻を打った」

「ごめん！　ボクが抱きついちゃったから！」

「たいしたことないさ。それより外に――あれ？」

蓋が開かない。いくら押してもびくともしない。レベル３００台の俺が押し開けないなんて、もしかしてこの箱……遺物？

異変を察したピオーネが、耳元に唇を近づけて囁くように俺に話しかけた。

「ねぇ、まさか開かないとか言わないよね」

「…………」

「何か言ってよ。沈黙は肯定だよ？」

箱の中はそこそこ空間はあるが、大人二人が自由な体勢になれるほどスペースはなかった。密着具合はかなりのもので彼女の吐息が顔にかかる。ほんの一瞬。唇と唇が当たった気もしたが、真っ暗なのでよく分からない。

「どうしよう、おじいちゃんが気づいてくれるといいけど」

「叩いた音でこっちに戻ってくるかもしれない」

「それだ！」

二人で箱の内側を叩く。かなり大きな音は出ているはずだが。

一向にじいさんが来る気配はない。

「ごめん、この体勢キツいかも」

「上に移動するのは？」

「うん。そうさせてもらう」

動き出したピオーネが、周囲をまさぐる。大まかに把握した彼女は恐る恐る俺の上に乗った。たぶんだが、うつ伏せで。

「いたっ！」

「ん!?」

ごんっ、と音の後に、俺の顔に柔らかくてふにふにした良い匂いのものが覆い被さった。しばらく顔に乗っていたが、突然感触が消え、荒い息づかいと共に頬と頬が擦れる感触があった。

「ふぅ、暑いね。それに息苦しい」

「箱の中だからな。隙間があればいいが、なければ空気がいつまで保つか」

ごそごそ。ピオーネが俺の上で大きく動く。

ぱさっ。ぱささ。何かを終わらせた彼女は俺の体にうつ伏せで体重をかける。

好奇心に駆られ、両手で彼女の体に触れてみた。

え!? 裸!?

「きゃ」

「すまん!」

どうやら腰の辺りを鷲掴みにしてしまったらしい。つか、こんな状況で服を脱ぐなよ。そりゃあすげぇ暑いし息苦しいけど。

俺も我慢できなくなり、上半身だけ服を脱ぐ。

汗で湿る素肌と素肌が直接くっついた。さらに柔らかい乳房が胸筋に擦り付けられる。

「うう、恥ずかしい……」

「俺もだ。そろそろ自力での脱出も考えないとな」

「でも、ずっとこのままでもいいかなって」

なに言ってんだ。このままだと死んでしまう。

「ご主人様? どこですか~?」

カエデの声だ!

俺は内側をバンバン叩く。ここだ、気づいてくれ。

がぱっ。蓋が開けられるとあまりの明るさに目が開けられなくなる。そっと瞼を上げれば、カエデの泣きそうな顔が見えた。

「ご主人様が、ピオーネさんと二人っきりで！　私のご主人様なのに！」

「これにはわけがあってだな」

「そうだよカエデさん！　ボクらはなににも！」

カエデはスンと鼻を鳴らす。

「ですがこの香りは発――」

「っつ!?」

ピオーネは顔を真っ赤に染めたかと思うと、俺を箱から追い出し、自ら蓋をおろし閉じこもってしまう。

「おい、いい加減出てこいよ」

「出てきてくださいピオーネさん」

「………………」

彼女は断固として箱から出てこなかった。

◇

「ん～、トール動かないで」

「すまん」

同じポーズをしたままかれこれ一時間以上こうしている。

髭(ひげ)を付けたピオーネは黙々と画用紙に筆を走らせていた。同じ体勢でいることがこんなに辛(つら)いとは知らなかった。ただ立っているだけなのに体がむずむずして、普段痒(かゆ)くならない箇所がこんな時に限って痒くなる。

同じように横に立っているカエデやフラウも、段々と眉間に皺(しわ)が寄っていた。

「パン太、動かないでって言ったじゃないか」

「きゅう……」

カエデに抱きかかえられているパン太の動きも、今の彼女には目立つらしい。

ピオーネは絵が得意なんだそうだ。写実スキルなんてのも有していて、その腕前は趣味のレベルを超えているのだとか（ムゲン談）。

そんなわけで俺達の絵を描いてくれないかとお願いした所……こうなった。

本来は油絵の具でじっくり描くそうだが、今回は時間もないので水彩で描いてもらっている。てか、俺には違いがさっぱりなので上手(うま)くやってくれればそれでいい。

「あのさ、どうして髭なんかつけてるんだ」

「え？　何言ってるの？　絵描きが髭を付けるのは当然じゃないか」

「そうなの？」

「は～、これだから素人は」

なんかムッとしてしまう。今すぐその髭を引き剝がしてやろうか、そんな気にさせられた。

ピオーネが納得したような表情でそっと筆を置く。

「うん。今日はこれくらいで充分だ」

「やっと終わりか。どんな絵になったのか見せてくれないか」

「だめ。まだ完成してないから」

立ち上がった彼女は、絵を背後に隠す。

どのような絵が描かれているのか気になるが、作家が断るなら無理強いはできない。それに完成してからの方が喜びもひとしおなのは確かだ。ここは我慢しよう。

「楽しみにしてて。最高の絵を描くよ」

そう言ってピオーネは部屋に籠もってしまった。

◇

開始から数日が経過、ようやくピオーネから完成の報告があった。

俺達は待ち合わせ場所のカフェで、そわそわしながら彼女がやって来るのを待ち続ける。

「どんな絵になったんだろうな」

「きっと素敵な絵に違いありません。ピオーネさんが私達の為(ため)に、一生懸命に描いてくださったのですから」

「絵を贈ってもらえるなんて初めてだわ」

「きゅ、きゅう！」

「おまたせー！」

十分ほどしてピオーネが包みを抱えて現れた。

ずいぶんサイズが大きい。彼女は席に着くなり包みを俺に差し出す。包みを開けばリアルに描かれた俺達と、それを収める立派な額縁が現れてつい言葉を失う。

「今までの作品の中で間違いなく最高傑作だよ」

「俺、こんな顔をしているのか」

「こんな風に自分の姿を見たのは初めてです」

「ほへぇ、やっぱりすごいわね」

「きゅう～」

水彩画だったか、淡い色が塗られた絵は全体的に落ち着いた印象で、ピオーネの性格が出てるようだった。リアルなんだけど優しく柔らかい雰囲気だ。

「ちゃんと戻ってきてね。ボクもおじいちゃんも君達のことが大好きなんだ。厳しい戦いになると思うけど死んじゃだめだからね」

「必ず帰ってくるよ。この絵を家の壁に飾る」

何度見ても良い絵だ。

友人からの最高の贈り物。

また一つ宝物が増えてしまったな。

「ありがとう。大切にする」

「ふふ、やっぱり素敵な絵でしたね」

俺とカエデが並び、フラウは俺の肩の上でピースしている。

カエデに抱えられるパン太は、ぱっちり大きな目をしていた。

「絵の裏を見てみて」

「裏？」

額縁を開けて俺達は確認する。

そこには『大好きな漫遊旅団』と書かれていた。

あとがき

スイートコーンめちゃくちゃ美味しい。最近はまってます。
こんにちは、徳川レモンです。

追放から始まった騒動も終わりを迎え、ここからはより広い世界での冒険へとシフトしていきます。長い長いプロローグが終わり、ようやく真の意味で旅が始まった、といったところでしょうか。まぁ、舞台が変わっても三人と一匹が、わちゃわちゃするのは変わらないのですが。

今回は新たなヒロインとしてルーナとピオーネが登場となりました。
ルーナは当初、不思議ちゃんと設定していたのですが、そっちではどうも上手くはまらず試行錯誤する内に現在の形に。ピオーネに関してはすでに固まっていたので苦労らしい苦労はなかった印象ですね。
私自身、ボクっ子が大好きなので出るべくして出た、と言うべきでしょうか。

余談ですが、私がボクっ子好きになったきっかけはＩＳ〈インフィニット・ストラトス〉に登場するシャルル・デュノアという登場人物なんですよね。それまで一切興味がなかった私が、衝撃のあまり食べかけのアイスクリームを落とした存在です。

さらに本巻では主人公の両親に加え、伯父とその息子が登場しております。Ｗｅｂ版をお読みになっている方は、いけ好かないビルが大人しいことに疑問を抱かれたのではないでしょうか。本巻では口が悪い程度に書いておりますが、Ｗｅｂ版ではなかなかのクソ野郎でして。旅立ちにふさわしくないなと更生させた次第です。

さて、今回はコミックス版との同時発売となっております。

奏ヨシキ先生の描くもう一つの経験値貯蓄は、すでにお読みになられましたか。もしまだという方は是非、手に取ってみてください。原作にはない面白シーンやエロ可愛(かわい)いシーンが満載。セインの顔芸も見所の一つです。

最後になりましたが、いつも励ましの感想をくださる『なろう部族』の皆様、超絶神イラストを描いてくださるriritto様、担当編集者様、オーバーラップ編集部の皆様、印刷流通製本関係者の方々に深く感謝しております。

それではまた。

経験値貯蓄でのんびり傷心旅行 3
～勇者と恋人に追放された戦士の無自覚ざまぁ～

発行　2021年9月25日　初版第一刷発行

著者　徳川レモン

イラスト　riritto

発行者　永田勝治

発行所　株式会社オーバーラップ
〒141-0031
東京都品川区西五反田 8-1-5

校正・DTP　株式会社鷗来堂

印刷・製本　大日本印刷株式会社

ISBN　978-4-8240-0002-6 C0093

【オーバーラップ　カスタマーサポート】
電　話　03-6219-0850
受付時間　10時～18時（土日祝日をのぞく）

作品のご感想、ファンレターをお待ちしています

あて先：〒141-0031　東京都品川区西五反田 8-1-5 五反田光和ビル4階　オーバーラップ編集部
「徳川レモン」先生係／「riritto」先生係

スマホ、PCからWEBアンケートにご協力ください

アンケートにご協力いただいた方には、下記スペシャルコンテンツをプレゼントします。
★本書イラストの「無料壁紙」　★毎月10名様に抽選で「図書カード（1000円分）」

公式HPもしくは左記の二次元バーコードまたはURLよりアクセスしてください。
▶ **https://over-lap.co.jp/824000026**
※スマートフォンとPCからのアクセスにのみ対応しております。
※サイトへのアクセスや登録時に発生する通信費等はご負担ください。

オーバーラップノベルス公式HP ▶ **https://over-lap.co.jp/lnv/**